樹之語與石封印

富安陽子 著

大庭賢哉 繪　梅應琪 譯

晨星出版

目錄

人狐一家親2
CONTENTS

登場人物介紹

信田結（小結）……有人類爸爸與狐狸媽媽血脈的信田家長女。從狐狸一族那裡繼承了可以聽到風之語的能力「順風耳」，不管是氣味、聲音，或是氣息，她都可以從風的話語中聽到。

信田匠（小匠）……小結的弟弟，小學三年級的學生。他擁有可以看穿過去與未來的「時光眼」，但是還沒辦法將這個能力運用自如，因此而不知所措。

信田萌（小萌）……最小的么女。可以聽見人類以外的生物所說的話，不過這究竟是否為狐狸一族的能力，大家都搞不清楚。

信田幸（媽媽）……總是以人類的模樣出現，但其實是狐狸。是個可靠的媽媽，能一邊處理任性妄為又棘手的狐狸親戚，一邊整理家務。

信田一（爸爸）……信田家中唯一的普通人，是個植物學的老師。在知道媽媽的真面目是狐狸的情況下結婚。打從心底愛著家人，狐狸親戚是他頭痛的根源。

夜叉丸（夜叉丸舅舅）……媽媽的哥哥。小結她們三人的舅舅。連狐狸一族都不知道怎麼對付他，是個來無影去無蹤的人。很會為信田家帶來麻煩事，讓大家都很傷腦筋。

宮崎優花（小花）……和小結住在同一棟大樓的朋友，個性文靜，但有時追根究底的程度令人害怕。

家族關係圖

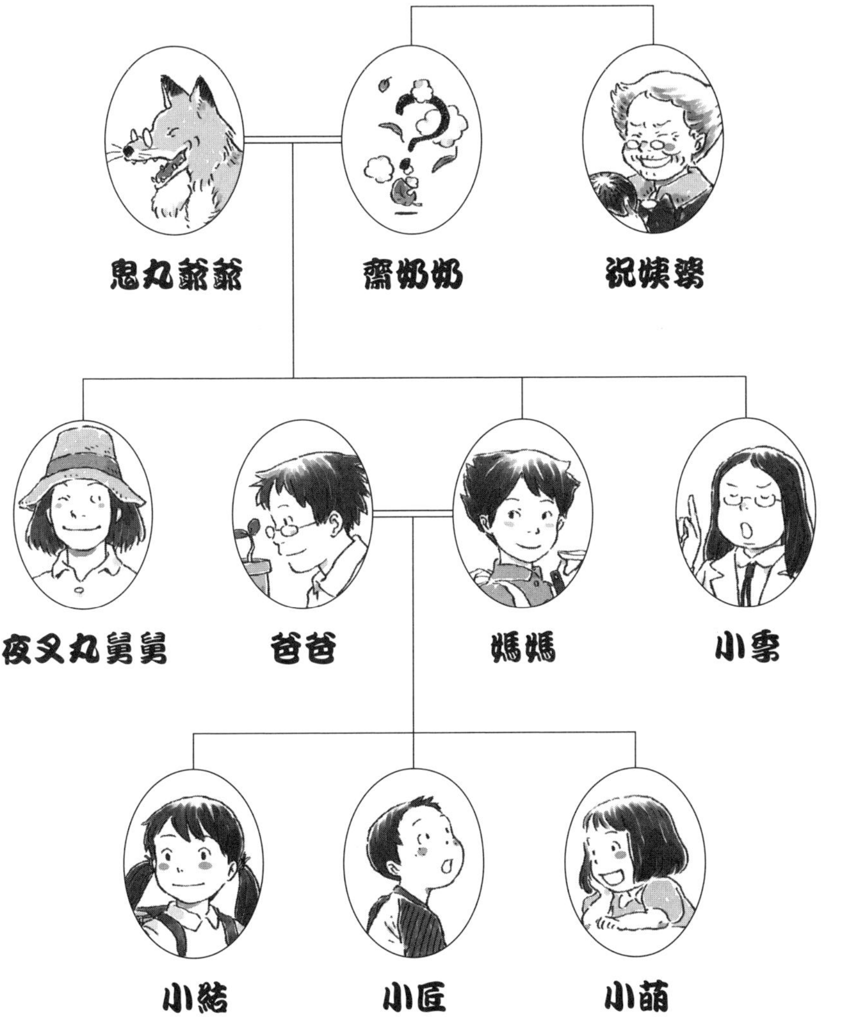

1 打開的抽屜

爸爸穿著租來的黑色禮服，領子下方的白色領帶好像勒得很緊，動作僵硬得像一尊從西服賣場借來的假人模特兒。

「那，就麻煩妳看家囉。」爸爸一邊穿上黑得發亮的皮鞋一邊說。

「門要鎖好喔。傍晚我們就會回來了，午餐妳們就三個人吃吧。」穿著黑色留袖和服的媽媽笑著說。

媽媽的和服下擺的圖案是秋天的花草，搭配四散著南天竹果實的

金色腰帶。身穿黑留袖[1]的媽媽和穿了禮服就不自在的爸爸不同，漂亮得讓人看得出神。

他們被拜託擔任爸爸的學弟結婚典禮上的致詞人，待會兩人就要到結婚典禮的會場。爸爸從昨天晚上，就一直進行致詞的特訓，不知道是不是緊張的緣故，表情很僵硬。雖然爸爸的努力值得誇獎，不過一點效果也沒有，爸爸總是卡在一開始致詞就會突然說不出話的毛病。

「新郎，小豆大福先生他……啊啊，可惡，為什麼沒辦法好好的唸出名字啊！」從昨天晚上開始，爸爸這句話就不知道說了幾遍。

爸爸的學弟的名字很特別，叫做「小豆大介」，學生時代的綽號就是「小豆大福」。看到致詞開頭寫的名字「小豆大介」時，爸爸的眼前大概浮現出大介先生胖嘟嘟的圓臉，所以「小豆大福」這個綽號才會脫口而出吧。

「這也許是大福的詛咒吧。」爸爸無奈地說，隨著正式上台致詞的時間愈來愈近，心情低落也是在所難免的吧。

「那，我們出門囉。」媽媽在一臉陰沉的爸爸旁邊，露出愉快的笑容揮著手說。

「路上小心！」小結、小匠和小萌從玄關門旁探出身子，目送父母離去的背影。

「不要緊的。一定會很順利！」往大樓電梯的方向走去時，媽媽鼓勵著爸爸。

「新郎，小豆大介先生。新郎，小豆大介先生。新郎……」爸爸像在念咒似地喃喃自語。

1 和服中的大禮裝，非常正式隆重的服裝。

終於兩人的身影消失在轉角，孩子們很快地關門上鎖，笑嘻嘻地看著彼此。

「星期六，萬歲！」小結如此說道。

「結婚典禮，萬歲！」小匠也附和道。

年紀最小的小萌，想了一下。「看家，萬歲！」鄭重其事地做了最後總結。

小結對著弟弟妹妹點頭。「這樣一來，我們到傍晚之前都是自由的唷。瞭解嗎？在今天傍晚之前，不管做什麼，都不可以干涉別人喔。」

「什麼叫干涉？」小萌問了問題。

「也就是說，不管是誰做了什麼事，別人都不能有意見，也不可以阻止。」

「那，就算我一個人把一整包棉花糖全部吃掉，姊姊也不能罵我囉？」

小結有點驚訝，凝視著妹妹的臉。「……一整包不會太多了嗎？吃半包就好了吧？」

「看吧，妳有意見了……」小萌馬上嘟起小嘴。

小結像是要否認自己說的話急忙地搖搖手。「我知道了，我知道了。你吃吧。一包也好，一箱也好，隨妳愛怎麼吃就怎麼吃。不過，我看漫畫的時候也不可以來打擾我喔。我跟朋友借了六本漫畫來看。」

「我今天要破最後一關！之前只差一點點而已，媽媽就把電動的電源關掉了。」

今天是一個特別的星期六。因為媽媽和爸爸二個人，在傍晚之前都不會回來，所以高興做什麼就做什麼。

就算打電動也不會被念說「別再玩了」。就算埋頭看漫畫也不會被念說「功課寫完了嗎？」。就算吃掉一包棉花糖，也不用擔心會被罵「會吃不下飯喔」。明天是星期日。大樓陽台外面寬廣的秋季天空，也是藍藍的一片晴空。

信田家的三個小孩，打算充分地享受傍晚之前的自由時間。

既悠閒，又和平的星期六……可是，對講機的鈴聲為平靜的此時劃下休止符。

小結看完第三本漫畫，正想著也差不多該去準備午餐時，客廳響起輕快的鈴聲。叮、咚——

「咦？會是誰啊？」沙發上的小結歪著頭說。在電視前專心打電動的小匠，沒有打算站起來的意思。往廚房瞄一眼，小萌正用叉子和牙籤叉起棉花糖，專心地做出奇形怪狀的棉花糖娃娃。大概是吃棉花糖吃膩了。

小結唉一聲嘆了口氣站起來，拿起對講機的聽筒。「喂？」

「啊……請問小結在嗎？」

映在對講機螢幕上面的，是住在同棟大樓二樓的宮崎優花。優花和小結都是五年級，因為不同班級，所以最近也不常玩在一起。

「咦，優花？什麼事？」

「啊……小結？那個啊，就是寫字簿啦……我放在學校忘記帶回來了。今天可以借我一天嗎？我的作業是第三十六頁……」

「啊啊……寫字簿嘛？好啊。等我一下。」小結迅速回答。小結和小匠的兒童房就在玄關旁邊。在走去房間之前，小結先到玄關，請站在門外的優花進門。

「妳在這裡等一下。我現在就去拿。」

小結這麼說了之後，站在玄關的優花，用文靜的聲音小聲道謝。

「不好意思喔。謝謝妳……小結，妳們沒有出練習寫字的功課嗎？」

「有啊，我也有功課喔。不過，明天再寫就好了，先借給優花吧。」

「咦？可以嗎？」

「沒關係、沒關係啦。明天早上再放進我家信箱就好了。」

其實小結在心中歡呼「太棒了」。因為這樣一來，就算媽媽他們回來了，也有很充分的理由解釋為什麼功課沒寫完了。

小結對著在玄關的優花露出大方的笑容，正要推開兒童房的門去拿書包。

但是，小結把手放在門把上的那一瞬間，愣了一下。沒有人的房間裡，傳出奇怪的聲音。

喀答……叩咚……

的確有聲音，是誰……還是說，有什麼東西在房間裡發出聲音。

小結深深地吸了一口氣，正想使用「順風耳」的能力時，優花的聲音從耳邊傳來。「怎麼了嗎？」

小結回頭一看，優花的臉離她非常近，優花不知何時脫了鞋子，來到小結的身後。

「啊？沒事……」小結慌張地說。

「房間裡好像有聲音……優花也聽到了嗎？」

喀噹……叩咚咚……彷彿回應小結說的話，門的另一邊再度傳來聲響。

優花偏著頭。「有聽到……是什麼聲音啊？有人在房間裡嗎？」

「可是……不可能有人在啊……」小結脫口而出地說。

「因為……小匠和小萌現在都在客廳……爸爸和媽媽也不在家……所以……」

優花注視著小結，眼睛睜得很大。「……小、偷、嗎？」優花小小聲地說。

「我……我不知道……」如此回答時，小結的心情變得十分不安。不是因為她也認為是小偷，小結內心有個想法像閃電般劃過……

萬一是媽媽的親戚的話該怎麼辦……搞不好是哪個狐狸親戚跑來玩了……

小結一臉緊張地偷瞄盯著房門的優花。

咚唏……叭答……

房間裡發出更大的聲音，小結縮了一下身子，這時優花斬釘截鐵地說：「果然，是小偷吧。」

一定不是小偷。小結心中這麼想。**因為，如果是小偷的話，應該會更安靜才對。要是發出這麼大的聲音，不就一定會被發現……**

「趕快打電話報警。」一反往常的文靜作風，優花用果斷的語氣命令小結。

「報、報警？」小結緊張地吞口水。

「快點！要趕快打一一〇才行。電話在哪裡？」

客廳的門打開了，出現小匠和小萌的身影。「姊姊，妳在做什麼？」好像就連待在客廳的他們也聽見聲響。小匠露出電動打到一半就被打擾的表情。小萌的手上拿著做壞的棉花糖娃娃，呆愣地看著她們。

「噓！」優花在小結的旁邊打信號。

「安靜！不要大聲說話！在這房間裡，好像有小偷。」

「咦咦——！」當小匠和小萌大叫時，房間裡的聲響更巨大了。

咚唏——！喀答、喀答、喀答……砰——！

說時遲那時快，大家驚訝地看著房門突然撞開，有個東西飛奔出來穿越孩子們的腳邊，一溜煙地衝進客廳裡。

「呀！」優花叫了一聲，緊緊抓著小結。

小萌和小匠也同時大叫起來。「夜叉丸舅舅！」

看著也跑向客廳的弟弟和妹妹，小結的腦中變得一片空白。

「什麼？什麼？剛剛那個、是什麼？」優花用力搖晃小結的手臂。「那是什麼？啊？那個，是狗嗎？是狗對吧？」

「不……不是狗喔。」

「那，那是什麼？牠有毛耶。小結，那到底是什麼？」

絕對不能回答說「是狐狸」。小結絞盡腦汁地想。

「……嗯……大概是，野狗……吧。」

「野狗？」優花用高八度的聲音尖叫，隔著小結的肩膀，朝客廳門口瞄了一眼。

「怎麼進來的？為什麼野狗會跑進來啊？這裡不是在五樓嗎？」

「這個——到底是從哪裡進來的呢？」小結盡量避開優花的目光，喃喃地說。

「啊啊！」優花忽然放開她緊抓著小結的手臂。

「我知道了！小結，妳偷偷養狗對吧？」

「咦咦？」這次輪到小結大叫了。

「不是！沒那回事！我才沒養狗呢！絕對沒有養！」

小結她們所住的大樓是禁止養寵物的。說出在房間裡養狗，實在是天大的誤會。可是，優花好像不太相信小結反駁的話。她瞇眼盯著小結的臉看。

「啊啊，真是嚇我一跳啊……居然在家裡養那麼大隻的狗。要怎麼帶牠去散步啊？」

「所以我說……就沒有養嘛……」

「對了，妳是養在這房間裡嗎？」

「喂喂，不管是這個房間，還是哪個房間，我都沒有養狗啦。」

「可是……」優花一邊用眼角看著小結，一邊竊笑起來。

「剛才，小匠他們不是叫了那隻狗的名字嗎？好像是『犬夜叉舅舅』？名字是從漫畫來的吧？為什麼要叫牠舅舅？」

小結已經沒有力氣說明了。

緊跟在夜叉丸舅舅身後跑進客廳的小匠和小萌，之後都沒有再出現。小匠跑回客廳時，雖然只是順手關門，但真是幫了個大忙。萬一夜叉丸舅舅又用狐狸的姿態，在優花面前轉來轉去，那才真的完蛋了。

可是，該怎麼做才能解決這個危機呢？要怎麼樣才能騙過優花？

優花拚命地從小結身旁擠進去，隨便看了兒童房一眼。

「妳把狗狗關在這麼小的房間裡啊？會被鬧得天翻地覆喔。」

「啊……優花……」優花走進房間，小結慌張地跟在後面。

這間小匠和小結共用的房間，約六疊榻榻米大，有著雙層床和二張書桌。而門旁的牆邊，放了一個又小又舊的日式五斗櫃。

優花饒富興味地環視著這間稱不上整潔的房間，八成是在尋找養狗的跡象。

小結趕緊把上鋪揉成一團的睡衣塞到被子底下，悄悄嘆了一口氣。平常看起來很文靜的優花，今天卻如此強勢。

真是被打敗了……要跟她說什麼，她才會回家呢……總之，拿寫字簿給她，然後說『改天見囉』這樣好了。

如此心想的小結正要伸手去拿書包的時候，優花發出疑問的聲音。

「五斗櫃的抽屜是半開著的。會是狗狗弄的嗎？」

「咦？哪裡？」小結轉過頭，看到老舊五斗櫃抽屜最下層被拉開了……

「奇怪？」小結也歪著頭。

「好奇怪喔……那個抽屜，應該不可能打開的呀……」

「什麼?!這是什麼啊！」此時，優花發出尖叫似的聲音。

「咦？什麼東西？什麼？」

小結困惑地看著優花。優花的目光似乎被五斗櫃的抽屜吸引住了。

「怎麼了？」

「為什麼會這樣？」優花凝視著抽屜裡面，喃喃自語。「為什麼，抽屜裡看得見樹林？」

「啊？」小結看不見抽屜裡面。不過，優花一臉不可置信，突然

彎下腰，更仔細盯著瞧。

當小結的視線越過優花的肩膀，也想要看看抽屜裡面時，優花的身影突然消失了。

不，不是優花的身體消失了。就像是被什麼東西吸住了一般，被吸進五斗櫃裡，就這樣，無聲無息地被抽屜吞掉了。

「……」小結連叫都叫不出來，優花的身體突然就這樣被吸進抽屜裡。

面對這難以置信的事，小結呆愣地站著，眼看抽屜緩慢地關上，簡直就像有一隻看不見的手，悄悄將抽屜關起來。小結屏住呼吸，她撇見抽屜裡有一片廣大深邃的樹林。樹木青翠茂盛，還看得到樹梢被風吹得微微搖動。

裡面裝著樹林的抽屜，在瞪大雙眼的小結面前，緊緊地閉著。

2 金色的橡樹果

猛然回過神的那一剎那，小結撲向五斗櫃的抽屜。

「打開！快點給我打開！」

小結簡直像是對著某個在抽屜裡的人怒吼般大叫，邊用手拍打五斗櫃。不管是用手指去摳抽屜的縫隙，還是搖晃它，抽屜都絲毫不為所動。

這個抽屜沒有裝金屬把手。抽屜外層只有二個圓形小洞，是曾經裝過金屬把手的痕跡。

這個五斗櫃應該是媽媽的嫁妝之一。和室放進桐木衣櫃和梳妝台，就沒有空間放它了，所以這個小小的日式五斗櫃，從很久以前就一直置放在小結和小匠的房間角落。從那時候，這個五斗櫃最下層的抽屜就已經沒有把手，是個從未打開過的抽屜。

小結她們一次也沒看過抽屜裡面。而且，抽屜裡竟然會有樹林……朋友還被吸進抽屜裡面……

「給我打開啦！打開啊！」小結拚命拍打著，老舊五斗櫃像是在嘲笑她似的，叩咚喀答地搖晃著。

「小萌——！小匠——！叫夜叉丸舅舅過來——！」

小結焦躁地面對著打不開的抽屜，大聲的叫喊。

「小匠——！沒聽到嗎——？夜叉丸舅舅——！快點過來，事情不得了了！」

小匠終於出現在房門口。「妳叫夜叉丸舅舅的話，他不在喔。」

「你說他不在?!」小結大聲喊著。「為什麼不在，他剛才不是跑出來了嗎？就在我們眼前，咻地一下子衝到客廳不是嗎！」

被小結焦急的口氣質問，小匠結結巴巴地說：「因為……他……他在客廳的正中央……消失了喔。」

「他還說『掰啦。下次再見』喔。」小萌從小匠身後插嘴說道。

「什麼『掰啦』！什麼『下次再見』！夜叉丸舅舅一定做了什麼荒唐事！如果不是這樣，抽屜裡怎麼會突然出現樹林，還把優花給吞掉了！」

「妳說什麼？」小匠嚇得張大了嘴巴。

小結聳著肩膀用力呼氣，努力地想讓心情冷靜下來。在沉默不語的小結面前，小匠怯生生地四下張望。

小萌也畏畏縮縮地轉頭探，小聲發問：「姊姊的朋友呢？」

「關於夜叉丸舅舅的事，她有說什麼嗎？」小匠一臉不安地問。

「夜叉丸舅舅用狐狸的模樣，在家裡的走廊上噠噠噠地走動，果然被看到了吧？還好嗎？應該很不妙吧？」

「一點都不好！」小結怒吼著。

小匠被小結的聲音嚇得縮起脖子。

「那，發生什麼事了？」小萌問小結。

「她被吸進抽屜裡了啦！」

小匠和小萌發愣地看著大叫的小結。

「姊姊……妳在說什麼？什麼東西被吸到抽屜裡了？」小匠問。

「優花她……被吸進最下面的抽屜裡了啦！」

小匠和小萌二個人面面相覷，一語不發地走進房間。接著他們把凝視著五斗櫃的目光轉移，頻頻看著小結的臉。

「開玩笑的吧？」小匠簡短地說。

小結本來正在平復心情，又再次發怒，「這種事怎麼可以開玩笑，是真的啦！夜叉丸舅舅衝出來之後，我們走進房間查看，就看到最下面的抽屜半開著，優花盯著抽屜裡面的時候就被吸進去了！」

小匠和小萌一副不可置信地睜大雙眼，他們在小結坐著的五斗櫃前面蹲下，開始觀察抽屜。

「可是……這個抽屜，已經很久很久都沒開過了不是嗎？」小結一邊從金屬把手留下的小洞看進去，一邊說。

「優花被拉進去之後，就關起來了。然後就打不開……」

「喂！裡面有人嗎？」小匠對著小洞口大喊。在他們二人身後，坐立不安的小萌這時候開口了。

「有東西掉下來了喔。喏，看。有二個，掉下來了。」

小結和小匠回頭一看，小萌把雙手握拳，伸到二人面前。

是金色的橡樹果！

在小萌的手掌上，有二個小小的橡樹果散發著閃閃金光。

「原來是橡樹果啊……」小匠說。

「可是，為什麼是金色的？我從沒看過金色的橡樹果……」小結拿起一顆橡樹果。

小匠拿起另一顆橡樹果，摩擦橡樹果金色的表面。

「顏色不會不見。好像不是塗上去的，它真的是金橡樹果？為什麼會掉在房間裡？今天早上起床時沒看到啊！小萌，這是在哪裡撿到的？」

「在門下面。這裡，就在這個地方。」小萌指著房門下方。

小結看了看手上的橡樹果，又看了看打開的門，最後目光回到五斗櫃的抽屜上。

「會不會是從這裡面滾出來的……我在這個抽屜裡，看到茂盛的雜木林。優花看到那片樹林，嚇了一跳，所以想要仔細看看抽屜裡面。她就是在看的時候被拉進去的。被拉到樹林裡面……」

「怎麼樣的樹林？真的樹林嗎？」小匠接連不斷地發問。

小結點點頭。「是真的樹林……該怎麼說呢，感覺像是縮小版，被塞進抽屜裡一樣……」

「姊姊也看到了？」

「嗯……只有瞄到一眼……優花被吸進抽屜的時候，我撲過來看到抽屜裡面，有風在吹，樹在搖晃……就好像從很高很高的天空俯瞰樹林一樣。那個，絕對是真的樹林不會錯。」

「那……」小匠的目光落在手中的橡樹果上面。

「妳是說，這個金色的橡樹果，是從那片樹林的某處出現的嗎？」

「因為這棟大樓的後山上，沒有會長出金色橡樹果的樹啊。說不定，夜叉丸舅舅就是從那片樹林裡面，到這個房間來的……舅舅不是很喜歡撿東西來當禮物嗎？也許是舅舅把金色的橡樹果留在這裡的：

⋯⋯」

「說到夜叉丸舅舅，他今天好像非常匆忙。」

「所以啊⋯⋯」小結有點不耐煩地說。「他一定又搞出什麼事了啦，發現無法收拾，所以才逃過來。」

「好想看⋯⋯」小萌在二人身後喃喃自語。「我也想看看，抽屜裡的樹林。」

而輕輕握住手中橡樹果的小結，則是在沉思。

抽屜裡的樹林。

被拉進樹林之中的優花。

肯定是從那片樹林裡掉出來的金色橡樹果⋯⋯這個抽屜究竟是怎麼一回事？應該要怎麼做，才能把優花從抽屜裡救回來呢？

小匠也默不作聲，一直盯著手中的橡樹果看。

「啊⋯⋯小萌，妳在做什麼？」小結猛然回神，看著在抽屜前動來動去的小萌。小萌從剛剛就一直從抽屜的小洞裡看進去，現在她正打算要把金色橡樹果塞進其中一個小洞。

「不行喔，橡樹果會塞住的。」

小結說話的同時，小萌手中的橡樹果一下子就滑進抽屜的小洞裡。

喀答一聲，抽屜發出細微的聲響。小萌蹲著，在抽屜前往後退了一步。

而最下層的抽屜，慢慢地打開了。剛才無論怎麼拍打、再怎麼摳都紋風不動的抽屜，像是被一隻看不見的手拉開來。

風從抽屜裡面吹出來，在狹小的房間裡打轉，窗邊的窗簾像是鳥的翅膀一樣隨風飄舞。

「哇！是樹林！」小萌看著抽屜裡面。

「啊！不可以！」小結大叫著。

小萌探入抽屜的小小身軀正輕微搖晃，接著好像會被吸進抽屜。

小結在剎那間抓住妹妹的手臂，同時感覺到小萌的身體好像被什麼拉住，更加不敢放開小萌的手。

旋渦狀的風包圍住小結和小萌。

忽然，眼前的景象彷彿被扭曲似地搖來搖去，小結感覺到自己的身體正朝著某處，以全速飛過去。等她警覺到時，樹林已經逼近眼前。她正飛速地接近茂密的樹木邊緣。

我也進入抽屜裡面了……

小結的身體穿過綠色的樹梢，且腳下像是踩到什麼東西，感覺又溼又軟。在被落葉覆蓋的地面上，小結站了起來。

「這裡……是哪裡？」小萌問著。

小結的手還緊緊抓著小萌的手臂。在不知不覺間，她們二人站在被落葉覆蓋的地面上。

「這裡是……」

二人的周圍顯然是廣大深邃的雜木林。小結和小萌，就站在樹梢往天際伸展的大片樹林之下。

「大概是抽屜裡的樹林裡。」

小萌不停地扭來扭去。「要是有穿鞋來就好了……」

被小萌這麼一說，小結看著自己的腳，原來從房間裡飛到樹林中的二人都光著腳。

「就是說啊……」小結輕輕地嘆了一口氣，緊緊牽著妹妹的手。

「聽好了，我們絕對不能分開喔。萬一迷路就回不了家了。」

小萌微微點頭，又馬上發問：「要怎麼做才能回家啊？」

小結一語不發。

真的，要怎麼做才能離開這片樹林呢？就算四下張望，樹林裡也看不到一條像樣的路。櫟樹、小橡樹、椎樹、槲樹、赤松……綠葉繁茂的樹木，宛如發出共鳴般搖晃著樹梢，微暗的樹影在林中無止盡地延伸。

忽然小結注意到，在樹林裡，有東西立在樹木之間。是與人同高的石頭，東一個西一個地立在地上。

「那個，是什麼？」小結牽著小萌的手，走近其中一個石頭。

「哇。是石頭做的娃娃。」小萌抬頭看，張大了眼睛。

沒錯。那是雕刻成人類模樣的石像。

二人走靠近的石像，外形是一個胖胖的歐巴桑，穿著一件像把麻袋剪幾個洞似的寬大衣服。

「好厲害喔。簡直就像真的一樣。」小結也欽佩地摸著石像的表面。

石像身上那件奇怪衣服的皺摺、以及圓臉上的每一條皺紋都雕刻得非常精細，彷彿馬上就會動起來似的。

環顧四周，樹林裡還有幾十尊石像。

有老爺爺、老婆婆、長鬍子的男人，還有像小結一樣大的女孩。抱著嬰兒的女人、也有牽著小孩子的石像。不管是哪一尊石像，都做得栩栩如生。還有一點，就是所有石像的表情一致，都像是被什麼東西嚇到一樣。

在松樹下面的男人石像，以回頭望的姿勢固定在樹下。雙眼撐圓，嘴巴也張得很大，那模樣好像是他在回頭時看到了什麼東西，嚇一大跳。

「是誰刻的啊？」小結一一看過每個石像，好奇地問。

真想用「嚇傻的人們」做為這些石像的標題。

是誰在樹林裡雕刻這種石像呢？小結盯著這些在樹林中不發一語、瞪大眼睛的石雕人像，漸漸地感到毛骨悚然。

石像的視線凝聚在樹林的深處，好像有什麼東西會從那裡跑出來，小結內心感到忐忑不安。

「好奇怪喲？」和小結一起在石像之間穿梭的小萌，忽然停下腳步。

「什麼？怎麼了？」小結提心吊膽地用力抓緊小萌的手。

「那個石頭娃娃，好像她喔。」

「像誰？」

小萌所注視的，是一尊站在巨大橡樹下面的女孩石像。她站的位置離其他石像有點距離，當小結看清楚那尊石像時，心臟簡直快停了。

「……！」

「很像吧？」在屏住呼吸的小結旁邊，小萌這麼說，「看，跟妳的朋友好像喔。就連衣服上面的兔子都一樣。」

噗通、噗通、噗通……小結的心臟以劇烈的節奏跳動著。她的頭

腦一片空白。莫名的不安，在心中逐漸膨脹。

女孩的石像，跟優花非常神似。

小結拉著小萌的手，慢慢地往那尊石像走去。

穿著有兔子圖案的連帽運動T恤和褲裙的優花，變成石像站在小結眼前。優花張大雙眼好像正盯著什麼看，而微微張開的口中彷彿是在慘叫。

優花，妳在看什麼？怎麼會變成這樣？小結觸摸著堅硬的優花石像，在心中詢問。

叩咚。

此時，有一個東西撞擊優花的石像。那個東西在石像頭上微微彈跳一下，掉落在小結的腳邊。

「啊！是金色的橡樹果！」小萌甩開小結的手，撿起掉在地上的金色橡樹果。

小結抬頭看著天空。巨大橡樹的樹枝伸展開來，像是要遮住二人頭上的天空一般。金色的橡樹果在翠綠的樹葉間搖曳。閃閃發出金色光芒的橡樹果，在橡樹的樹梢各處都露出小臉。

「金色橡樹果的樹……」小結喃喃地說，將吹過林間的風吸入胸口。

橡樹的樹蔭下，她發覺到有東西在動。茂密的火刺木樹叢，微微地晃動著。

小結慌張地重新牽起小萌的手，面對著樹叢擺好架勢。

「是誰?!有人在的話，快給我出來！」

3 霧之谷的雕刻小匠

「消失了……」小匠站在日式五斗櫃前面，目瞪口呆地說，「被吸進……抽屜裡了。」

那個抽屜，已經跟先前一樣，緊緊地退回五斗櫃的最下方闔上。

「怎麼辦……小結姊姊和小萌都被吸進去了……」

即使親眼看見還是難以置信。好像做了一場噩夢一樣……總覺得，好像是魔術一樣。

但小結和小萌確實是無聲無息地被吸入五斗櫃最後一層抽屜裡。

那時候，突然打開的抽屜裡面吹出了一陣風，嚇了一跳的小匠，只聽見小結大叫的聲音。

再睜開眼睛時，他看到小結抓著小萌的手臂。在抽屜前面的小萌，好像被什麼東西拉住，身體往抽屜傾斜，小結緊抓小萌抵抗著看不見的力量。

而下一秒鐘，小結和小萌就一起被吸進抽屜裡面了。

這樣說來，他好像在抽屜漸漸關上的時候，隱約看見裡面的綠色風景。

那是真的樹林嗎？

「……真糟糕……爸爸和媽媽又不在。夜叉丸舅舅也不知道跑到哪裡去了……」小匠無計可施的在五斗櫃緊閉的抽屜前蹲下。

「喂！小結姊姊！小萌——！」

他試著從抽屜上的小洞看進去。一片漆黑的小洞裡，什麼也看不見。小萌塞進去的橡樹果也沒有堵在裡頭。

就在這時，小匠忽然想起自己手中還握有另一個橡樹果。他慢慢地攤開手掌，沾上手汗的橡樹果發出金色的光澤。

小匠想到，剛才小萌把橡樹果塞進小洞，抽屜就打開了。是不是只要再把橡樹果塞進去，抽屜就會再打開一次呢？

小匠小心翼翼地把右手拿著的金色橡樹果，湊近抽屜的小洞。他的手伸到小洞前面時，小洞裡面有風微微地吹出來。

小匠試著用左手抱住身後的床腳，而且為了避免被吸進去還把腳張開。

「好！要放進去囉！」彷彿為自己加油打氣，小匠使勁的大聲說了之後，把金色的橡樹果塞進左邊的小洞裡。沒想到，橡樹果一下子就滑入小洞裡面。

叩咚。發出了小小的聲音。就在這時，抽屜慢慢地打開了。

原本收在五斗櫃裡的抽屜，像是被推出來，房間中捲起一陣風。

「哇啊！打開了！」小匠緊緊抓住床，探頭想看看抽屜裡面。宛如暴風似的風集結成一束，從抽屜裡面吹出來。小匠拚命張開眼睛，終於看到抽屜裡面。

「咦？沒有樹林啊！」

抽屜裡面，是一片白茫茫的霧。白色濃厚的霧，從抽屜裡飄出來。在這一瞬間，小匠的身體感受到一股強大的力量拉扯。

「哇！要被吸進去了！」

環抱著床腳的手被使勁拉開，他發覺周遭的景色也變得扭曲，小匠的身體被吸入抽屜裡的濃濃白霧之中。

然後，無人的房間裡，五斗櫃最下方的抽屜，再度無聲無息、靜悄悄地關上了。

放眼望去，周圍都是一片白茫茫的霧，潮溼得讓人幾乎要窒息，小匠獨自一人佇立著。其實他不太確定，他究竟是站在地面上，還是飄浮在空中。這是一個什麼都看不見的白色世界。身處在這裡，就連上下左右都搞不清楚了。

「這裡……是哪裡？」小匠戰戰兢兢地踏出一小步。腳下傳來像是踩在潮溼地面的聲音。看樣子，小匠所踩之處是地面沒錯。

可是，這個地面會延伸到哪裡，這裡又是什麼地方，他完全不曉得。當然，要往哪裡走才好，如果沒有目標的話，他連個方向都沒有。簡直就像是被關在一張純白的圖畫紙裡。

小匠很孤獨地在霧中行走著。

「小結姊姊！小萌——！」

小匠的聲音立刻被吸進霧中。將一切包圍起來的純白的霧和沉重的寧靜，快要把小匠給吞沒了。

「怎麼辦？為什麼只有我到這裡來？小結姊姊明明說抽屜裡有樹林，這裡什麼都沒有，簡直就像來到空無一物的世界。」

小匠拚命地張大眼睛，在霧裡四處觀望，但什麼也看不到。他也看不到自己的腳。甚至要把手舉到眼前，才好不容易看得到手掌。

「喂——！」小匠對著四周圍大聲呼喊。

「有人在嗎！快回答我啊！有沒有人在！」

宛如回應他的呼喊，微風徐徐地吹來，將四周緊密包圍的霧狀布幔微微地攪動。白色的布幔移動了一些些之後，似乎可以看到在另一邊有一個非常模糊的黑影。還是說，那是霧所產生的幻覺呢？

小匠慢慢地移動腳步。他朝著影子出現的方向，用腳底探索著潮溼的地面，一步步前進。

「要是穿鞋來就好了……」

在小匠發牢騷的同時，他突然屏住呼吸，停下腳步。有東西。就在前面不遠的地方。透過薄薄的霧狀布幔，這次可以清楚看到前面有黑影。

「是……是誰？」

是人嗎？還是樹呢？小匠在霧中摸索，慢慢地把雙手伸向黑影。

此時，有東西忽然從別的方向出現，小匠的手被用力抓住了。

「哇！」小匠陷入恐慌，甩動著被抓住的手。「放開我！救命啊！」

一股強大的力量，壓住小匠亂動的身體。

「喂！別亂動！不可以吵鬧！」他的耳邊出現低沉的說話聲。

「放開我！」小匠放聲大叫起來。

小匠耳邊傳來一聲大大的嘆息，剛才低沉的聲音靜靜地說：「放開你之後，安靜一點好嗎？你啊，正往懸崖走過去呢。」

「啊？」小匠把嘴邊的驚呼嚥回去，停下動作。微風吹拂攪動著濃霧。風勢逐漸增強，吹開了小匠眼前的白霧布幔。

從波狀霧氣的空隙間，小匠看見了彎曲的松樹。看樣子，小匠剛才是朝著這棵樹前進。

「那棵樹後面，就是很深的陡峭懸崖唷。你啊，想跳下谷底去嗎？」

小匠吃了一驚，轉過頭來。他身後是一張陌生男子的臉。頭髮又黑又長，亂蓬蓬的鬍子覆蓋在臉上，感覺男子隱隱約約露出溫和的眼神。

這個男子，牢牢地抓住小匠的身體，低聲笑起來。

「這裡是霧之谷。大家都習慣叫無底谷。不過，這個谷其實是有底的。」

小匠心情稍微放鬆了。看樣子，風的源頭似乎是在松樹的另一邊，也就是從懸崖底部吹上來的。只要再走上幾步，小匠就會倒栽蔥地跌到谷底。想到這，小匠不禁顫抖。

「喂喂，現在才發抖會不會太遲了。你到這裡來想要做什麼？你是從山上走到這個谷嗎？」男子詢問小匠。小匠發抖著搖搖頭。

「不、不是啦。我……不是從什麼山上下來的……我是從房間的五斗櫃最下面的抽屜裡面、進來的。」

因為發抖的關係，小匠為了不結巴，就將話一口氣說完，但是小匠一說完，馬上發覺到自己的回答有點蠢。

男子把手放在小匠的肩膀上，沉默不語，大概是搞不懂意思吧。

「你……是不是撞到頭啦？搞不好你是從山上滾下來的吧。」男子如此問了之後，小匠變得很難為情。

「才不是呢！」小匠斬釘截鐵地大叫。「不是那樣的。雖然我也搞不太清楚，不過在我房間的五斗櫃的抽屜，跟這裡似乎有連結。那個抽屜，已經很久沒有打開過……因為抽屜的把手不見了……可是，那個把手造成的小洞裡面，掉出了金色的橡樹果……」

聽到「金色的橡樹果」的時候，男子放在小匠肩膀上面的手，突然加重了力道。

小匠嚇一跳，抬起頭。隔著霧氣，隱約可以看見男子臉部的輪廓。男子好像一直凝視著霧中遙遠的某一點。

「金色的橡樹果……」男子用低沉的聲音自言自語。

「每次聽到這個詞，就讓我有種忘了非常重要的事的感覺……山上的那些傢伙，也都吵吵嚷嚷的。『找到金色的橡樹果了！』他們如此地喊著，甚至還傳到霧之谷的底部去了。所以我才會爬到這上面來。那個金色的橡樹果，我也想瞧上一眼……我想看過之後，就一定能想起來。我心底有某樣東西被關在裡面，每次聽到『金色的橡樹果』這個詞的時候，心就會騷動起來、無法平靜。我啊，一定是把什麼很重要的事情給忘了。」

這次輪到小匠愣住了。小匠完全無法理解男子所說的話。

白色的霧氣之中，二人各自想著自己的心事，沉默了一段時間。

「來，走吧。」不久，男子說。

「去哪裡？」小匠問道。

「去山上，去找金色的橡樹果。」男子這麼說了之後，就輕輕地抱起小匠的身體，毫不費力地將他揹在背上。

「這條路，對你來說也許有些危險。好好抓住我的背。」

小匠沒有辦法，只能照著男子所說的，把手環繞在他的肩膀上。被一個陌生男子背著實在很難為情，不過總比獨自一人被留在這一片白茫茫的霧裡好上太多了。

「你叫什麼名字？」男子問。

「小匠……信田匠。」

說完之後，男子的肩膀突然晃動起來，淺淺地笑著。「還真巧。

我和你的名字是一樣的。」

「啊？叔叔也叫作小匠嗎？」小匠在霧中張大了眼睛問著。

「我的名字，叫工匠。」男子一面沉穩地踩著地面往前走，一面回答。

「工匠？」這個名字真奇怪。他姓「工」嗎？

「我的工作，是雕刻石頭。看，現在我腰上也有掛著，就是用這個鐵鑿子，把石頭敲碎、刨削，將沉睡在石頭裡面的各種面貌抓出來。這就是石頭工匠的工作。」

「喔……你都雕些什麼？」在寬大的背上搖晃著，小匠如此詢問。

「什麼都雕。只要是有生命的東西，什麼都雕。像是草啦、樹啦、蟲子、野獸。」

「好厲害喔。我雖然也叫作小匠，可是我什麼都雕不出來。」小匠這麼說了以後，男子停了一會兒沒有說話。

沉重的背搖晃著。男子似乎在走一段陡峭的坡路。

「我，也雕不出來……」突然，男子喃喃地冒出這句話。

「啊？」小匠覺得現在有點在雞同鴨講。

「我現在，根本沒辦法雕刻石頭。我忘記怎麼雕了。」

「……怎麼回事？」小匠想著，剛剛他才說過，雕刻石頭是他的工作。

「以前，我一看到石頭，就可以看見隱藏在那石頭裡面的生命。透過石頭，我可以看見存在它深處的東西。

但是，現在，我什麼都看不見了。不管我如何集中精神去看石頭，石頭看起來就只是石頭而已。我忘記了，我忘記要怎麼雕刻石頭了。」

小匠不知道該說什麼才好，沉默著。

一步一步，沉重地爬上山坡。工匠身體大幅度地搖晃。

「……你說看到金色的橡樹果之後，也許就會想起來的事情，就是這個嗎？」小匠好不容易開口問了。

「……也許吧。」工匠簡短地回答。

「能想起來就太好了。」

「嗯嗯……是啊。」

霧稍微散了一些。從山坡上方吹下來的風，讓白色布幔似的霧飄搖起來。

馬上就要到山上了。小匠這麼想著。

然後，就在此時，一幅漂亮的情景宛如映照在白色螢幕上，浮現在小匠的眼前。

有人帶著愉悅的心情，毫不費力地揮舞著小鑿子，雕刻巨大的石像。這情景實在是鮮明到無法不去注意，小匠好像還聽得到鑿子敲碎石頭發出的鈍音。但是，雕刻石頭的，不是滿臉鬍子的工匠。是一個身材更矮小，年紀很大的老爺爺。老爺爺歪著一張滿是皺紋的臉默默地笑著，專心地揮動鑿子，繼續雕刻巨大的石像。他好像在雕刻一個人。厚實的肩膀、強壯的手臂、亂蓬蓬的鬍子覆蓋著臉。石像做得很精細，好像馬上就會動起來似的……小匠凝視著那尊石像，用力地吞了口口水。

工匠?!

在那一瞬間，鮮明的情景被白霧吞滅，完全消失了。

噗通、噗通、噗通——

心臟在跳動。環繞著工匠寬廣肩膀的手，不禁加重力氣。工匠依舊默默地背著小匠。

小匠知道，他剛才所看見的並非幻覺。那是「時光眼」所映照出的過去……或者是未來。但是，他無法明白看到的情景。

雕刻石頭的，不是工匠。**工匠**，是被雕刻的石像。

為什麼？怎麼一回事？那個身材嬌小、滿臉皺紋的老爺爺到底是誰？為什麼要雕刻工匠的像？那景象，是已經發生過的嗎？還是說，是將來要發生的事？

不管再怎麼想，小匠的「時光眼」，沒有再映照出任何情景來。大大地嘆了一口氣後，小匠在霧中閉上眼睛。

「就快要到了喔。」他聽到工匠低聲說道。

4

樹木之語

小結一邊盯著火刺木叢，一邊抓牢小萌的手，深深地吸了一口氣。

「快給我出來！」

剛才還在搖晃的樹叢，現在已經靜止不動，那是風的惡作劇嗎？小結觀察四周後，撿起躺在她腳邊的粗大枯樹枝。當她正打算用枯樹枝的前端去戳樹叢時，樹叢唰的一聲分開了，有個東西從小結和小萌的眼前飛出來。

「呀！」小結和小萌不約而同地叫出來，急忙往後退。一個皮膚黝黑的小男孩，從樹叢中探出頭來，瞪著她們兩人。看起來比小萌還大一些。

這個男孩子一臉害怕的表情，手中握著一根長長的竹竿，一直盯著她們瞧。

小結剛才還提心吊膽不知道會跑出什麼東西來，結果看到小男孩十分認真的眼神和氣勢後，忍不住笑出來。而且，小男孩所穿的衣服和那些石像一樣，都像是修行僧的衣服。

就像是在一個大大的麻布袋的上方和二側開了洞，然後再從頭上套下來。而且因為衣服的尺寸很寬大，於是用繩子在腰間將衣服束起來。鬆散的上衣下擺裡面，露出像是歐吉桑會穿的窄管褲。

如果他手中所拿的不是尖銳竹竿的話，小結搞不好會去摸摸男孩的頭並問他：「你怎麼啦？小朋友。」

可是，男孩非常的認真。宛如刀刃一般的竹竿，一直對著小結的胸口。

小結緊張到身體都僵硬了，要是繃緊的弦突然斷了，那根竹竿也許就會咻的一聲刺入她們倆的身體。

小結悄悄地深呼吸，讓心情鎮靜下來。

「你是誰？為什麼要躲在那裡？」

「不要過來！混帳東西！」這就是那男孩子的回答。

「我知道了……」小結用溫和態度點頭。

「我們並沒有要過去的意思。可是，你為什麼要那麼生氣？我們又沒有對你做什麼壞事。」

「我不會上當的！混蛋！」

看樣子，在每句話的後面加上罵人的話，好像是這個男孩子說話的方式。

「妳們兩個，是那條大蛇的伙伴對吧。混蛋！」

小結對眼前這個小鬼感到憤怒。年紀再怎麼小，也不應該連續罵一個初次見面的人混蛋。但小結還是把怒氣吞下去，試著溫柔地問這男孩。

「你說的大蛇是什麼啊？我們根本不認識牠。你是不是哪裡誤會了？」

「裝蒜是行不通的喔！妳們這些混蛋！如果不是大蛇的伙伴，那妳們為什麼沒有變成石頭啊！混蛋！」

小結再也忍不住了。「別老是說混蛋、混蛋的！說別人混蛋的人，自己才是混蛋！」

小男孩和小萌同時嚇了一跳，縮起身子。

小結呼出一口氣，緊瞪男孩並用嚴厲的語氣問：「我再說一次，我們兩個不是什麼人的伙伴。所以，你應該說話有禮貌一點。到底發生什麼事了？這些變成石頭的人是怎麼了？你應該知道些什麼吧？」

小男孩猶豫著，碩大的眼珠驚慌地轉來轉去。

小結正經地盯著男孩說：「大蛇是誰？那傢伙做了什麼事對吧？」

「那傢伙，是壞蛋！」突然，小男孩大叫著回答。小小的身體，因憤怒與悲傷而顫抖。發抖而僵硬的嘴角，也像是在哭泣似地歪曲了。

「那傢伙，把媽媽變成石頭了！今天早上，亞達爺爺發現了金色的橡樹果！所以，大家都擔心會發生不好的事情。然後、然後那傢伙，就從山邊下來了！混蛋！」

「等等，等一下。」小結打斷了小男孩滔滔不絕的話語。

「亞達爺爺是誰？」

「那個。」男孩指著小結的身後，有一尊因摔倒而屁股著地的老爺爺的石像。

「……啊，是那個人喔。」小結表示瞭解地點頭，繼續問，「……然後？你說那個人，發現了金色的橡樹果，這是怎麼回事？發現金色的橡樹果，為什麼會發生不好的事？」

「那個大家都知道。」小男孩不耐煩地回答道。

「這棵橡樹如果長出金色的橡樹果，就會有某個可怕、不好的東西到山裡來。這是從很久以前就流傳下來的傳說。可是，從來都沒有出現過金色橡樹果這種東西。結果，今天就出現了。亞達爺爺今天早上一發現，就跑去對每個人說『是金色的橡樹果！出現金色的橡樹果了！』所以，那傢伙，就從山頂上面下來了。」

「呃……所謂的那傢伙，就是你剛才說的那個叫大蛇的壞蛋嗎？」

「對。」小男孩大大的點頭，又接著說。

「大蛇那傢伙，從很久以前就住在這座山的山頂上。可是，明明從來沒有下來過，今天卻下來了喔。然後，大家就都變成石頭了。水也像凍結了一樣變成堅硬的石頭，不會流動了！」小男孩似乎又快哭出來了，他急忙把臉轉過去。

「嗯——」小結沉吟著。

「可以再說得詳細一點嗎？你說的大蛇是什麼？那傢伙來了之後，為什麼大家都變成石頭了？牠施了什麼石化魔法之類的嗎？」

「……我不曉得啦。」小男孩生氣地說，「大蛇，就是蛇啊。很大的蛇。不過，牠是怎麼把大家都變成石頭的，這我就不知道了。因為我爬到橡樹上面去了。」

被亞達爺爺一說，大家都跑來看金色的橡樹果。因為有人說，在報告給館主大人之前要先去確認看看……因為啊，亞達爺爺的眼睛不太好，耳朵也重聽，搞不好是他弄錯了也不一定。

結果是真的。真的有金色的橡樹果。明明到昨天都還只是普通的棕色橡樹果，結果大家過來一看，樹枝上的橡樹果啊，全部都變成金色的了。」

「稍等一下。」小結再次打斷男孩的話。

「你說的館主大人是誰？」

「這還用說嗎？」小男孩不耐煩地看著小結。「住在山上的大房子裡，山裡最了不起的人，就是館主大人了啊。」

「就是像國王一樣的人嗎？」小萌在旁邊插嘴問。

「對。館主大人，就是這座山的國王。」

小結和小萌互相點了點頭。

「好。所以在向那位國王報告之前，大家就到這裡來，確認到底有沒有金色的橡樹果對吧？那時候，你爬到這棵樹上……然後，發生什麼事了？那條很大的蛇，從哪邊過來的？」

「我不知道。」小男孩回答。

「一開始，我聽到有奇怪的聲音接近。簌簌、簌簌的，像是有東西摩擦地面一樣……大家都不知道那是什麼聲音。而且，在看到金色的橡樹果之後，大家都騷動起來，所以沒有人注意那個聲音。聲音漸漸的愈來愈大聲……」一邊說著，小男孩眼睛愈睜愈大，彷彿在注視一隻存在的蛇。

「然後，那傢伙，就出現了。從樹林裡面……簌簌、簌簌、簌簌……牠發出好大的聲音，摩擦著地面，經過這棵樹底下。

我聽到大家發出『哇啊——』的叫聲，可是，很快就安靜下來了。因為，他們已經變成石頭了。我看到的，只有那傢伙的尾巴和亞達爺爺變成石頭的樣子而已……亞達爺爺面對著大蛇，跌倒在地上，從他的腳開始變色，然後就不能動了。大蛇拖著尾巴不知道跑到哪裡去了，所以我就趕快從樹上下來看……亞達爺爺，變成石頭了。媽媽也是，大家都是，都變成石頭了。這個混蛋！」

小結再次緊握小萌的手。

一想到大蛇還在這個樹林的某處爬來爬去，她就背脊發涼，包圍著他們的樹蔭似乎變得更沉鬱了。

小男孩拚命地忍住淚水。小結覺得小男孩十分可憐，開始反省自己剛才不該對他大吼。要是看到媽媽在自己眼前變成石頭，小結也會大叫「混帳東西」吧。

小結靜靜地伸出手，把手放在男孩的肩膀上。男孩一直盯著地面看，他用被太陽曬黑的手，使勁地擦著滿溢而出的眼淚。

「不要緊。我們一起想，一定可以想出辦法的。我媽媽總是這麼說。沒有過不去的災難。如果認為已經完了，就這樣放棄的話，災難就會愈變愈大，最後把我們都吞噬掉，所以，一起努力吧！」

雖然要怎麼做，該怎麼努力才好，她一點頭緒也沒有。

她現在知道，這山上發生了難以理解的事。然後同時間，不幸的是這座山與小結房間裡的五斗櫃抽屜，因為某種緣故而打開了通路。

優花一定是被這場災難波及了，小結心想著。

「……對了。你知道這個女孩子是從哪裡來的嗎？」她指著佇立在橡樹旁的優花之後，男孩微微地搖頭。

「不知道。沒看過她……」

「這個女孩是我的朋友。那條大蛇來的時候，她也在這裡嗎？」

「不知道。樹下有好多人，大家都亂成一團。」

「這樣啊……也是啦。發生那麼大的騷動，就算多一個女孩子，也沒有人會知道。」

優花好可憐……小結在心中說著。**只是來我家借寫字簿而已，就碰到這種事……**

這次災難的開端，八成又是夜叉丸舅舅。夜叉丸舅舅總是為小結一家人帶來災難。舅舅到底在這座山裡做了什麼事？從他慌張的出現，又莫名地消失這點看來，一定是發生什麼不妙的事。舅舅也是看到大蛇，所以才逃走的嗎？

「總之，要想點辦法才行……」小結不禁脫口說出。要想個辦法，把變成石頭的優花變回來，把她帶回原本的世界才行。

「好大的樹喔。」小萌放開小結的手，抬頭看著橡樹看到出神。「好厲害喔。全部，都是金色的橡樹果。小萌也好想爬上去看看喔……」

小萌將手臂大大地張開，把身子貼在橡樹上，抱住粗大的樹幹。流過林間的風，將橡樹樹葉搖晃得沙沙作響，金色橡樹果也晃動著。

小結在橡樹的樹蔭下靜靜地閉上眼睛，施展順風耳的能力。也許風會把在某處移動的大蛇的氣息帶過來。

「吾，守護久遠之約。」突然，小萌開口說話。

「咦？」小結看著抱住橡樹的小小身影。小萌抱著樹幹，陶醉似地閉著眼睛。

「金色果實之語，請側耳傾聽。」

「小萌？妳在說什麼？」可是，小萌沒有回應小結的問題。

「自三申山之顛，將降大災禍。」

「等等，小萌！什麼災禍？不要說這種像是祝姨婆會講的話……」小結這麼說著的同時，正要把手放在小萌的肩膀上，突然回想起來。

「魂寄口」？小結意識到這點。她回想起媽媽某天所說的話。

——搞不好，小萌從媽媽的血統繼承了「魂寄口」也不一定——

「魂寄口」，是可以將不會說話的生物的心聲傳遞出來的力量。

小萌的嘴，剛才與某個無法發聲的生物的話語產生共鳴，並將那些話傳達出來。

「匠之手，握鋼時，掀災難……」

匠？**為什麼小匠的名字會在這裡出現**？

小結屏息聽著小萌說的話，不禁產生疑惑。

「館主之手，握鋼時，滅災禍。傳館主：碎石者，鋼也。」

風搖晃著樹木枝葉，穿透樹林。小男孩嚇了一跳，凝視著小萌。

終於小萌睜開雙眼，茫然地看著小結。

「小萌……」小結輕輕地抱住小萌的肩膀。「妳剛才說了些什麼，還記得嗎？」

「我沒有說話呀。」小萌若無其事地說。

「人家沒有說話。不過，聽得見喔。小結姊姊也聽見了嗎？這棵橡樹，有說話喔。」

「啊啊，這樣啊……」小結點點頭。

「那，剛才一定是這棵橡樹，透過妳說話了。」小結對茫然的小萌與男孩笑著說。

「傳館主——它指的一定是館主大人。這棵樹說要把剛才的訊息，傳達給館主大人知道。」

「什麼是訊息？」小萌問，「是奶昔的意思嗎？」

小結不禁笑了起來，撫摸著小萌的頭。

「哈哈。總之，這樣一來，就可以知道我們該做什麼了。我們一起到山上的國王那裡去看看吧。一定可以找到什麼好方法的。」小結面對著仍然呆呆張大嘴巴的男孩說。「來，走吧。帶我們到那位館主大人的家去。你叫什麼名字？」

「泰德。」男孩回答。

「嗯。我叫小結，這是我妹妹小萌。」說完之後，小結突然想起了小匠。

小匠……他現在在做什麼呢？我們被吸進抽屜裡，他一定嚇一大跳吧……

橡樹的訊息，再次出現在小結心中。

——匠之手，握鋼時，掀災難——

是怎麼回事呢？鋼是什麼？

小匠的手，為什麼會握住鋼鐵？

小匠跟這完全無關，為什麼，這棵樹會知道他的名字呢？

就在此時，小結從吹過樹林的風中，聽見了。某個遙遠的地方，小匠呼喚小結名字的聲音。

「小結姊姊！小萌──！」

小結幾乎要跳起來，不禁用順風耳傾聽。「是小匠的聲音！」

「咦？哪裡？在哪裡？」小萌慌張地看周遭樹林。

「喂──！」

沒有錯。這是小匠的聲音。小結凝視著聲音傳來的方向。

「……小匠，也被吸進……這世界了……可是，為什麼沒有出現在一樣的地方呢？到底在哪裡啊？」

「有人在嗎！快回答我啊！有沒有人在啊！」

「……真是的。」小結嘆了一口氣，「事情越來越麻煩了。」

這時候，另一個小小的不安在小結的心中膨脹。橡樹知道小匠的名字。

匠之手，握鋼時，掀災難……

金色的橡樹果。久遠之約。大蛇現身——跟小匠有關的，到底是什麼災難呢？

5 石頭封印

工匠停下腳步，小匠微微探出身子，從工匠的背上探看四周。一面石牆聳立在二人的眼前，石牆中間裂開形成一個洞穴。白霧的氣勢稍微減弱，朦朧地飄散在周圍。

「接下來的路太陡了，沒辦法從山的外面爬上去。這個隧道可以通到山谷上方的樹林裡……只不過……」工匠一邊說，一邊把揹在背上的小匠輕輕地放下來，一直凝視著隧道裡面。隧道深入延伸到石牆的內部。霧聚積在隧道的入口，像布簾一樣飄動。

不久，工匠下定決心似地點點頭，決定到洞穴裡一探究竟。

「總之，進去看看吧。沒有別的路了。」

工匠碩大的身軀穿過入口，滑進隧道裡面。小匠害怕隧道裡伸手不見五指的黑暗，但是又不能停留在原地。他大大地吸了一口氣之後，抓著工匠衣服的下擺，慢慢地走進隧道裡頭。

黑暗中充滿了又溼又冷的空氣。腳下滑溜的岩石地面，冷得像冰塊一樣，到處都是積水。小匠光著腳踩在地面的積水上，往隧道的深處走去。

走在前方的工匠，一邊用手摸著兩側的石壁來確認路徑，一邊往前移動。行走一會兒之後，從入口處所透進來的微光也中斷了，伸手不見五指的黑暗湧至小匠的身邊。

什麼都看不見。什麼都不曉得。明明腳和身體都很冷，只有抓著工匠衣角的手一直流著汗。只要手一放開，彷彿就會被遺留在黑暗的世界中，心臟緊張得怦怦跳，愈來愈難受。深呼吸一口氣之後，他感覺隧道中的黑暗，也跟著滲入心裡了。

滴答——偶爾會有水從岩壁頂上滴到水窪裡，發出輕微的聲響。之後，就只有工匠與小匠走路的聲音重疊著，迴盪在冰冷的黑暗中。彷彿連話語都會被這片黑暗吸走似的，小匠沒辦法開口發問。

要走到哪裡啊？這條路會通到哪裡去啊？

嘩啦嘩啦地踩著水窪前進時，小匠只能不斷想著這些事。

這條隧道會不會沒有盡頭……當小匠開始這麼想時，他發現包圍著他的黑暗好像變淡了。

眼睛往前一看，工匠的身體輪廓在黑暗中隱約可見。前方某處照射進來的光線，在黑暗中照亮了工匠的身形，成為黑色的剪影。

小匠放心地悄悄呼出一口氣。從嘴巴呼出來的白色氣息，飄浮在寒冷的黑暗中。

一步一步地跨出時，包圍著二人的黑暗也漸漸消散了。因為工匠的身體擋住，小匠看不到隧道的盡頭，不過他們已經接近出口，這點是錯不了的。從隧道外面吹進來的微風，攪動冰冷的空氣與黑暗，一點一點的將明亮的光線帶到兩人身邊。

突然，頭上的隧道頂變得很高，兩側狹窄的岩壁也分得很開，小匠注意到這一點時，已經站在隧道終點的洞窟之中了。

工匠大大地伸展了一直弓著的身子，吐出一口氣。

隔著工匠寬大的背，小匠尋找洞窟通往外面的出口。

「……咦？」

洞窟前方的牆，的確有一個像一扇小門的圓形洞穴。可是，一塊圓石穩穩地把洞口塞住了。耀眼的白色光芒，從那塊石頭和岩壁之間的空隙射進來。外面的世界就在眼前了，但是通往外面的唯一出口，卻被堵住。

腳。

「石頭……塞住了。怎麼辦？」小匠的心情焦躁，扭動著冰冷的腳。

工匠慢慢走近出口，用雙手推了推石頭的表面。「這石頭並沒有很大。」

「能移開嗎？」小匠振奮地問工匠。工匠回頭看了小匠。

「……不行。之前我已經試過好幾遍了，但它一動也不動。簡直就像是在地面生根似的。」工匠說話的同時又使勁用雙手推。圓石沒有絲毫動靜。

「……那，怎麼辦？沒辦法從這裡出去嗎？」小匠把想哭的心情吞下去，慢慢靠近出口。他把手放在這塊堵住洞口的石頭上，用手掌撫摸冰冷的石頭，小匠注意到，在石頭粗糙的表面上，布滿精細的線狀刻痕。

「……這個石頭，什麼時候出現在這裡的？」

「不知道……」工匠回答。

「從很久之前，就可以經由這條隧道往來霧之谷和山上才對，但是等我發現的時候，出口就被堵住了。我好幾次想把石頭移開，可是都沒辦法。所以，我今天才會帶鑿子過來。用這去敲，肯定可以把它給弄開。」

小匠再度凝視著眼前的石頭。

「這些紋路是什麼啊？是叔叔刻的嗎？」

「不是。不是我刻的。」

二條直的線與三條橫的線，彼

此交錯縱橫。精密交織在一起的線形刻痕，宛如編織竹籃上的網目，覆蓋著整塊石頭。

「……這個，應該不是普通的石頭吧！會不會是有人特地放在這裡的呢……」

「如果是那樣的話……那傢伙就是想把我給關在霧之谷裡面。」

工匠話中讓人有不寒而慄的感覺，迴盪在小匠的心中。

有一個人，想把工匠關在霧之谷裡面。他把通往山上的洞穴出口用石頭封起來……為什麼？會做這種事的是誰？

面對沉默的小匠，在微亮的黑暗中，工匠聳聳肩。

「哎，算了。總之，今天我本來打算到山上去看看的。總覺得有什麼東西在呼喚我。我心裡忐忑不安，從谷底爬上來之後就突然碰到你。那，我們來試著把這石頭搬開吧。搞不好二個人就能做到。」

洞窟裡很安靜，陽光穿過樹葉間隙，從外面的世界照射進來，耀眼的光線閃閃晃動著。

工匠與小匠在黑暗中看了看彼此，擺出將雙手穩穩的放在圓石上的姿勢。

「開始囉！」工匠吸了一口氣。「一、二、嘿！」

二人拚命用力推著圓石。雙腳踩穩地面，咬緊牙關，小匠努力用全身的力量去推動石頭。工匠隆起的肩膀也用力到發抖。

可是，圓石還是沒有動靜。連移動一點點也沒有。

呼——二人同時呼出一口氣，放鬆肩膀的力量。

「不行啊……完全沒有動嘛……」小匠靠著石頭，失望地喃喃自語。「為什麼移不開啊？明明就這麼圓滾滾的。會不會是哪邊卡住了……」

「不，看起來不像是被卡住。」工匠氣喘吁吁地搖搖頭。

「看。洞窟的出口比石頭還要大上一圈。正常來講，只要使勁的推，應該一下子就可以把石頭推開才對。」

「會是被強力膠之類的東西黏住嗎？竟然一動也不動，實在很奇怪……」

事實就是如此。不可思議的圓石簡直就像從岩石地面上長出來一樣。它並不是要抬頭才看得到的巨石，而是一顆比小匠的身高還要小的石頭，只要二人一起用力，就算沒辦法一口氣把它推開，也該能夠晃動它、推歪它，挪動一下才對。

「會不會有什麼機關啊？」小匠盯著這堆頑固的石頭，歪著頭說。「像是哪邊有個開關之類的，還是推推哪裡就可以移動之類的……」

不管再怎麼問，圓石也不會回答。二人和堵住出口的圓石沉默對峙著。

「好，那麼，先用石鑿子敲敲看吧……」

工匠把雙手從圓石上拿開，摸索著腰間的袋子。

就在這時候，倚靠著圓石的小匠，有種奇怪的感覺。小匠感覺到他身體底下的圓石開始微微地搖晃。

「……奇怪？」小匠急忙站起來，再試著推推石頭。

空隆……圓石移動了。

「咦？咦？咦？」

圓石隆隆地移動。小匠呆愣地看著圓石宛如支架鬆開一般，往外面彈跳著滾走。耀眼的光線，一口氣流入洞窟之中。風捲起樹的香氣，吹入洞穴深處。

通往雜木林的洞窟出口，展現在小匠的眼前。

「發生什麼事了……？」

小匠站在打開的洞穴前，呆望著外面。林子裡的樹枝被風吹拂著，像是在笑一樣。茂密的樹葉閃閃發亮，鋪滿落葉山坡上，樹木沿著斜坡不斷蔓延。

剛才還堵在洞口的圓石，從斜坡滾下去，被前方不遠處的一棵赤松根部擋住。

「為什麼突然滾走了？」小匠一邊喃喃自語，一邊小心翼翼地跨出去，踩著落葉，走近圓石。工匠也發出沙沙的腳步聲，跟在小匠的後面。二人靜靜地走到滾落林中的圓石前面，面面相覷。

「剛才明明還紋風不動的……」

在喃喃自語的工匠旁邊，小匠正想把手再放到圓石上面去時，嚇了一跳。

「消失了！看！快看！上面的紋路不見了！」

石頭灰色粗糙的表面上，已經連一條線都沒有了。線與線交織而成的表面紋路，像是被擦掉一樣消失了，連一點痕跡都沒有。

「為什麼？這個石頭，就是剛才的石頭對吧？從那邊滾到這裡來，然後停在這裡。可是，這石頭上面沒有紋路。消失了。那個紋路……」

總覺得有點毛骨悚然，小匠往後退了一步。

工匠也嚇了一跳，盯著赤松根部的圓石看。

不久，工匠的口中大大的吐出一口氣。「不懂，到底發生什麼事，我完全不明白。不過，有一件事情我知道……」

小匠偏頭看著工匠，打量他在明亮光線下的身影。

「我……我們，終於離開霧之谷了。」

工匠的鬍子向兩側翹起，露出滿足的笑容。他的頭髮在結實的寬闊肩膀後面綁成一束，強壯的肌肉，在曬成紅銅色的皮膚之下隆起。雖然他身上的衣服比爸爸的衣服還要奇怪，但是他的模樣，比穿著禮服的爸爸還要好看得多。上衣下面是一件短褲。踩在地上的雙腳，穿著一雙用樹皮與藤蔓編成，像是涼鞋的鞋子。

好奇怪的打扮……小匠這麼想的時候，工匠先開口說：「你的穿著很不一樣呢。」看樣子工匠也覺得小匠的服裝很奇特。

可能是他獨自一人在谷底住了一段很長的時間，所以才會不知道世界上的情況吧，小匠如此心想。

「……叔叔，你一直都被關在山谷裡面嗎？不過，你之前不是有在那個山谷和這座山上之間往來嗎？是什麼時候被關起來的呢？」小匠有點想不通，不禁開口詢問工匠。

「我不知道……」粗眉下的眼睛望向遠方。

「一個月，還是二個月；一年，還是十年……我是從什麼時候開始住在山谷的呢？我只要一去想那個山谷之外的事情，就會像被霧包圍一樣，什麼都看不到。」

「叔叔，你會不會是在哪裡撞到頭了……」小匠才剛開口就立即停住。他從樹林的某處，聽到了微微的呼喊聲。

「……小匠——！」

小匠屏住氣息，豎起耳朵。

「小——！」

剛剛是聽錯了嗎？會是樹梢沙沙的聲音，帶來的幻覺嗎？

「小匠——！你在哪裡——！」

這次，聽得更清楚了。小匠吃了一驚，連忙東張西望地看著四周的樹林。在岩壁洞窟的前方，他慢慢地爬到雜木林生長的山坡上面去。深邃的樹林延伸到山頂上面，在樹林的另一邊，露出堅硬岩石的險峻山頂，被雲霧所籠罩。

「小匠哥哥——！」「小匠——！」

聲音聽起來像是從雜木林上方傳來的。沒有錯。那是小結和小萌的聲音！

「小結姊姊！小萌——！」小匠拚命地扯開嗓子大叫。

「小匠哥哥！」馬醉木的枝葉沙沙地晃動過後，小結揹著小萌走出來。還有一個沒見過的男孩子跟在她們後面。

小萌從小結的背上滑下，在樹林中飛奔過來。

「小匠哥哥！」小萌像是快要摔倒般，從鋪滿落葉的山坡上往下跑。

「小萌——！」小匠也踢開落葉狂奔著。

小匠用雙手接住飛奔過來的小萌，往上看著樹林。

「小匠！」小結從小萌後面跑來，站在小匠的眼前。沒見過的男孩子也站在小結的旁邊。

「小結姊姊！」放下心中大石後，小匠開心地笑。

小結冷不防用力地打了他的頭一下。「你跑到哪裡去了啦！這樣很讓人擔心欸！」

6 一個小匠

突如其來的一掌，讓小匠感到莫名其妙。為什麼重逢之後，突然被打頭？

只見小結用嚴厲的眼神瞪著吃驚的小匠，「你為什麼擅自亂跑？要跟來的話，就給我好好跟著啊。為什麼獨自一人跑到別的地方去？」

小匠也忘了重逢的感動，不禁生氣地噘起嘴，「我又不是自己高興跑到別的地方去的。被拉進抽屜之後，就已經站在霧裡面了嘛。我也不知道是怎麼回事啊！」

「你是怎麼進到抽屜裡面來的？是跟我和小萌一起被吸來的嗎？」

「不、不是啦。」小匠含糊不清地說，「抽屜有關上……所以我也把手上的那個金色橡樹果塞進抽屜的小洞，然後抽屜又打開了。我是那時候被吸進來的。」

「真是的！怎麼可以亂來！」小結更怒不可遏。

「我是擔心姊姊妳們所以才來幫忙的！」

「幫忙？萬一你迷路了，再也回不去怎麼辦？」

「好啦。不要再吵了啦。」小萌也插嘴說道。

泰德呆呆地站在旁邊，看著這三個人。

這時，工匠慢慢爬到山坡上，走近孩子們的身邊。

「看來你找到你的同伴了呢。」工匠在四人前面停下腳步，對著小匠點點頭。

泰德看了工匠，有點害怕的往後退。

「這個人……是誰？」小結質問小匠說。

「這位叔叔救了我喔。」小匠趕緊說明。「我在霧之谷，差一點就要掉到好深的懸崖下面，是這位叔叔抓住了我……而且，他還帶我到這裡來。」

小結看了看這個高大的男子，心中在想，**總覺得這傢伙很可疑**，但他救了小匠是事實。小結以大姊姊的姿態對工匠鞠躬，並禮貌的答謝。

「您如此照顧舍弟，實在相當感謝。給您添了麻煩，非常不好意思。」

工匠默默地微笑著，輕輕點頭，接著將目光緩緩地轉向泰德。

「你是這山上的人吧？為什麼會跑到這裡來？山上的孩子，不是都被告知說不要靠近霧之谷嗎？」

泰德忸忸怩怩地低下頭，感覺像是被責備了，而小結則像是要袒護泰德似的跨出一步。

「這孩子是為我們帶路的。是我要他帶我們到館主大人的住處去。當我們出發時，就聽見我弟弟的聲音……然後我們循著聲音的方向，找到這裡來。」

「……館主大人？」工匠柔和的臉上出現嚴肅的皺紋，粗眉毛下方的眼睛彷彿做夢似的，眼神徘徊在不知名的遠方。好像連呼吸都忘了一樣，工匠一直沒有動作，看起來就像一尊用紅銅打造的雕像。

很可疑。這個人，果然有哪裡不對勁……

「為什麼呢？我好像知道那個人……」工匠喃喃地說。

「館主……金色橡樹果……約定，久遠的約定……」

小結嚇了一跳，抬頭看著工匠。工匠的雙眼依然注視著半空中，眼中逐漸發出光芒。

「我，好像，忘記了某個非常重要的約定。要是想不起那個約定的話……雖然，總覺得，之後應該能想起來……」

為什麼這個人會知道金色橡樹果的事？還有久遠的約定這件事，到底是從誰那裡聽來的？

小結的心中泛起了漣漪，這個突然出現又身分不明的男子到底是什麼人。

小萌嘟噥著發牢騷，「人家腳好痛喔。有東西刺到了啦。小結姊姊，揹人家……」

剛才還光著腳丫子朝小匠狂奔，現在卻拉著小結的手撒嬌說話。要她光著腳走在山上，小萌很討厭也很受不了。

「不行喔。小萌……」小結皺著眉頭。

「我已經很累了，不能再揹妳了。也多少自己走點路吧。」

「可是，鞋子沒有穿來啊。腳被刺到了，沒辦法走了啦。」

「姊姊不是也沒穿鞋子嗎？妳看，小匠和泰德也都沒有穿鞋喔。」

如此說了之後，小結注意到工匠穿著樹皮做成的涼鞋。

「啊啊……」工匠看著發牢騷的小萌，點了點頭，「想要穿鞋子嗎？等我一下。我用樹皮和藤蔓做給妳。」工匠輕鬆說著，在孩子們的眼前撥開雜草，走到雜木林裡面去。

「……這人很可疑……」小結一邊看著愈走愈遠的寬大背影，一邊自言自語地說。

小匠嘟起嘴說：「他才不可疑呢，這樣說太沒禮貌了，要不是這位叔叔，我已經掉到谷底去了。」

「可是……他一定有問題。首先，鬍子就很奇怪。髮型也很奇怪。眼神更奇怪。」

「我就說沒這回事了！」小匠生氣的回嘴。小結用鼻子哼了一聲。

「你太單純了，只要對你好一點就輕易相信別人，這點我太瞭解了。學校不是也有教嗎？不可以跟不認識的人走。結果，你一來就……要是被綁架的話要怎麼辦？」

「綁架？」小匠愣愣地看著小結的臉。「他為什麼要綁架我？妳是說，到這裡之後，還會再被帶到更奇怪的地方去嗎？如果能有熟人來幫我的話，那當然好啊。妳是要我在走到霧之谷的懸崖途中，還要等等看有沒有認識的人經過嗎？」

「首先這一點就很可疑啊。剛才那個叔叔自己不是也說了。他說『山上的孩子，不是都被告知說不要靠近霧之谷嗎』。像那種沒有人接近的山谷，那個人為什麼會跑進去？」

「因為，他住在霧之谷的谷底嘛。那個人啊，說他的工作是雕刻石頭。他的名字跟我一樣喔。他也叫做匠。全名叫做『工匠』。」

小匠的話，如同響雷般在小結心中轟然落下。

「工匠？你說他也叫做匠？」說完之後，小結張嘴呆立著。

「什麼？怎麼了嗎？」

小結欲言又止，似乎想說什麼，但是找不到適當的詞彙。許許多多的想法糾結在一起，心中彷彿掀起一陣暴風。

「我，知道喔……」泰德從旁邊插嘴說。「我有聽說過。在霧之谷裡面，從很久以前，就有一個叫做工匠的奇怪老人獨自住在那裡。那個人沒有和山上的人來往。總是一個人在雕刻石頭……可是，那個人雕刻的石像都跟真的一樣，好像有生命似的。所以，山上的人們如果有想要雕刻什麼東西的時候，都會去拜託霧之谷的工匠。我媽媽說，有一個站在館主的房子前面，像是守衛一樣的石像；還有這座山的岩場下面祭祀的青面金剛像，都是那個工匠做的。」

泰德說完之後，小結緊緊地抓住小匠的手。

「快逃！」小結硬拉著小匠準備離開，小萌和泰德都吃驚地看著她。

「那，鞋子呢？」小萌問。「叔叔沒回來的話，就沒有鞋子喔。」

「笨蛋。」小結焦躁地抓住小萌。

「這種時候就別管什麼鞋子了。在那個人回來之前，要趕快逃走才行！要在被那個人找到之前，到館主大人那裡去！」

「不要。」小匠把小結的手甩開。「為什麼非得逃走？工匠叔叔才不是什麼壞人！他為了我們，還特地跑去做鞋子不是嗎？結果我們卻想偷偷跑掉，這太沒禮貌了。想走的話，姊姊就一個人走好啦。我要待在這裡。」

「小匠，你給我聽好，那個人是壞人，因為橡樹是這麼說的。之後我再慢慢跟你解釋，總之要快點離開！」

「不要。」小匠不肯離開。他張開雙腳穩穩地站著，瞪著小結的臉，小萌很擔心地抬頭看著他。

小結大大地嘆了一口氣。小匠一旦下定決心，就會堅持到底，這點她太清楚了。

「那，我現在就說給你聽。聽完之後，你就不會認為那個工匠是好人了。到時候，你認同的話，就不准再發牢騷，要跟著我們！」

小匠噘著嘴點頭。然後小結開始敘述她們在樹林裡看到變成石頭的人們，還有從泰德那聽來的事發經過，以及金色橡樹說的話——

「小萌她啊，透過『魂寄口』說出那棵樹的話時，一開始我還在想為什麼會出現你的名字呢。可是，橡樹所說的並不是你，而是另一個匠。所以，要快點走才行。在工匠回來之前，我們趕快出發往館主大人那裡去吧。」小結如此說著，但小匠還是一動也不動地沉思著。

「可是不能光憑那棵橡樹說的話，就說工匠是壞人啊。那些話根本沒頭沒腦的嘛，姊姊瞭解那些話的意思嗎？」

「所以啊……」小結焦躁地把臉湊近小匠，「『自三申山之顛，將降下大災禍』這句話，就是在說會有大蛇從那座山的山頂下來！它又說了『匠之手，握住鋼鐵之時，掀起災難』，這不就是說創造出那條大蛇的，就是那個工匠嗎？」

「大蛇那種東西，要怎麼創造？」

「我怎麼會知道那種事！」小結生氣的大吼。

小匠依然冷靜地說：「這根本說不通啊。光是那樣，怎麼就可以懷疑工匠叔叔。」

「唉唉唉……」小結嘆了一口比海還深的氣，現在只剩想哭的心情。

「你啊，總是這樣跟我唱反調。你為什麼就不能不要頂嘴，認同我的話呢？像是『夜叉丸舅舅吹牛』啦、或是『祝姨婆都騙人』啦、或是『工匠很可疑』啦……」

注意到樹叢有動靜。孩子們一起抬頭，注視著樹林裡面。工匠撥開樹叢往這邊走近。

「啊啊。他已經回來了。」小結小聲的抱怨，但束手無策。

「聽好了。剛才我對你說過的話，不可以跟那個人說喔。可以的話就早點跟那個人分開，就只有我們幾個到館主大人那裡去。」

小匠猶豫著，只是輕輕的點頭。

「喂。鞋子做好了喔。」工匠如此說著，向小結他們舉起手。工匠的手中，抓著他為孩子們所做的涼鞋。

「明明是個很好的人……」小結語帶感嘆的喃喃自語。

「我可不會上當……」小結斷然的小聲說道。

「要趕快把橡樹的話傳達給館主大人才行……這樣一來，一定就可以真相大白。久遠之約到底是什麼。引發這個災禍的到底是誰。應該怎麼做，才能把變成石頭的人恢復原狀。」

綠色眼睛的石英

工匠幫小結她們所做的是簡單的涼鞋，編織的樹皮既堅韌又平滑，穿在腳上的感覺很舒服。涼鞋有三雙。雖然沒有幫泰德做，但泰德本來就光著腳，所以似乎不太在意。

「謝謝。」小匠很開心的收下涼鞋，小萌蹦蹦跳跳地說：「哇！是涼鞋！」小結不讓工匠看出她的疑心，微微地笑著，禮貌的答謝。

工匠在穿上涼鞋的孩子們旁邊開口說，「好了。走吧。」

「啊？」小結嚇了一跳，馬上抬頭看著工匠。「你說走吧……去

哪裡？」

工匠沉靜的眼神望向樹林另一頭的山頂，「也帶我一起去吧。」

小結為難的含糊說：「可是……」，然後低下頭來。

「我保證不會礙事的，我只是想去而已。」工匠用認真的眼神看著小結。「我也想見一見那位館主大人，沒打招呼也沒關係，只要能遠遠地瞄一眼就可以了。我只是想確認一下，或許看到他的臉、聽到他的聲音，就會想起什麼也不一定，拜託請帶我一同前往吧。」

小結把視線別開，彷彿在逃避工匠盯著她看的眼神。別開視線之後，卻又對上小匠瞪著她的眼睛。小匠正屏息等待小結的回答。稍稍往周遭瞄一眼，小萌和泰德也正看著小結。小結覺得自己被逼得走投無路。

要怎麼說才能拒絕啊？**要怎麼做才能逃走啊**？

「你應該不是壞人吧？混蛋！」泰德突然叫嚷起來，「你應該沒有想要騙我們吧?!如果你有什麼企圖的話，我可不會放過你喔！混帳東西！」

啊啊，怎麼辦！萬一他發狂起來怎麼辦！

當小結這麼想時，忽然工匠的肩膀開始微微地震動，小結急忙擋在小萌和小匠的前面。

呵呵——輕輕的笑聲，從工匠的口中漏出來。

「……？」小結呆呆地與小匠彼此對看。

原來工匠在笑，只是沒有發出笑聲，只有肩膀在顫抖。

「你說的，就連我也不知道呢。」工匠一邊笑著，一邊看著孩子們說。

「聽起來很怪吧？其實我也不知道自己是怎樣的人。我一直都是這樣，我有的時候，還覺得我好像不是我了。是好人，還是壞人呢？是聰明的人，還是笨蛋呢？我，到底是什麼人呢？」

明明在笑，但工匠一點開心的感覺都沒有。在他眼中，彷彿很厭倦並筋疲力竭似的，染上悲傷的神色。

工匠將目光轉向泰德，「關於你問的那些問題，我也想知道答案。所以帶我一起去。讓我也一起到館主大人那裡去。」

孩子們沉默不語。風從包圍著孩子們的凝重沉默之中，輕輕地吹過。在沙沙作響的樹枝底下，小結終於下了決心，大大吸了一口氣。

「走吧。」小結鼓起勇氣地說。

「大家一起到館主大人那裡去吧。總之，要快點過去才行。」

現在沒別的辦法了。小結想不出要說什麼理由才能夠拒絕工匠的請求。

只要去到館主大人那邊，一定有什麼法子的。小結邊想邊邁開步伐。

泰德帶頭進入雜木林裡面。泰德說他們要去的館，就蓋在山頂旁邊的懸崖之下不遠處。泰德雖然長得嬌小，腳程卻很快。小萌原本被小結和小匠牽著慢慢走，工匠把她輕輕地抬到肩膀上。看到小萌那麼高興，小結也不忍責備她。

回家後一定會被媽媽罵。罵說不可以坐在陌生叔叔的肩膀上……

想到這裡，小結又嘆了一口氣。如果可以在爸爸和媽媽從結婚典禮回來之前回到家裡就好了……萬一他們回到家裡沒看到我們，一定會非常慌張地到處去找。他們怎麼想得到，我們會被吸進五斗櫃的抽屜裡面了呢？如果是媽媽，說不定會注意到那個五斗櫃很詭異。畢竟，那個五斗櫃，本來就是媽媽的東西啊……

小結邊想著這些事邊走著，小匠悄悄的在她耳邊講話。

「欸，姊姊。泰德看到的大蛇，跑到哪裡去了？」

「噓！」小結偷瞄工匠，壓低音量對小匠說，「我不是說，那些話要保密嗎？」

「……可是，萬一那傢伙不知道從哪邊冒出來的話，總是要小心一點吧？姊姊聽得到嗎？我想，用『順風耳』應該可以知道大蛇待在什麼地方吧……」小匠在小結的耳邊說。

「其實我試過好幾次，但是完全沒有感覺。牠一定跑到某個很遠的地方去了。而且牠長得那麼大，如果就在附近的話，應該可以聽得到牠移動的聲音才對。」小結無奈地說。

不知不覺中，小結的目光被樹林另一邊的山頂所吸引。小結仔細觀察被雲覆蓋的岩石山頂上面，有沒有大蛇的影子。也許大蛇在把所有人都變成石頭之後，就回到自己的巢穴去了。

小匠也抬頭看山頂。「……好像不在那裡喔……剛才，雖然雲只有散開一下下，不過我看到在山頂上面，只有尖尖的石頭而已……」

小結對著小匠聳聳肩，「要是牠能繼續像現在這樣，一直不要出現的話就好了……」

被潮溼的落葉與從枝葉間灑下的陽光包圍，一行人很快地爬上了山。

離開鋪滿了松葉地毯的赤松樹林，他們撥開細竹爬上陡峭的山坡，順著岩石渡過一條小溪，爬上被風吹拂的雜木林之後，離山頂的岩石懸崖就更近了。

在途中，樹林裡有一個小村子。溫暖的陽光下，朝南的緩和坡地上，只有些小小的房子聚在一起。在那些房子後面還有耕地。

但是，小村子裡沒有人影。在茅草屋頂下面，每一家的門都敞開著，但屋內既安靜又昏暗。

這裡一定就是那些變成石頭的人們住的村子……村裡的人跑去看金色的橡樹果之後，就變成石頭，留下泰德一個人。

小結察覺到這一點，看著走在最前面的泰德。

泰德飛快的從屋簷低矮的房子前面走過，對安靜的屋內連看都不看一眼。

她聽到工匠用低沉的聲音對泰德說話。

「你見過館主大人嗎？」

「沒見過。」泰德粗魯的回答，「館主大人這陣子身體不好。他一直待在館裡面，沒有出來。之前他偶爾還會到山裡走走，不過像我這樣的小孩，在館主大人前面，要一直低著頭才行。所以看不到他的臉。

就在三月之前的庚申祭那一天，村子裡的所有人都到館主大人那裡去，要對館主大人致上祭典的問候。那時候，館主大人也沒有從館裡面出來。只有在簾子另一邊晃一下而已。

自從館主大人身體變差之後，有一個叫石英的女人去照顧館主大人。她是一個不知道從哪裡來的奇怪女人。不太愛講話，村裡的人拿食物過去給館主大人，她也只是默默收下，然後很快地退回館裡面去。

媽媽說，那女人不是山裡的人。因為，那女人的眼睛，是綠色的。」

小結擔心地詢問泰德，「館主大人的身體是從什麼時候開始變差的？他一直都臥病在床嗎？」

「庚申祭之後開始的。」泰德朝著前方說，「那一天，到館主大人那裡去了之後，那個石英就站在館前面，說『館主大人的身體不好，無法出來』。

以往都是大人們去跟館主大人喝酒，不過今年在祭典那一天，只有到館裡問候一下，就馬上被趕出來了。雖然大家都很擔心，不過因為每天拿去的食物好像都吃光光了，所以亞達爺爺說『應該不是什麼大病吧』。」

說完之後，泰德好像忽然想起了什麼事，轉頭看工匠。

「你應該跟館主大人很熟吧？」工匠驚訝地看著泰德。

「為什麼你會這麼說?!」

「因為，雕刻那尊站在館前面的守衛石像的人，就是你吧？亞達爺爺說，那是館主大人找工匠去刻的。還說館主大人很中意工匠……」

工匠沒有回答泰德的問題，稍微晃動了小萌所坐的肩膀，繼續沉默地走著。

巨大的金木犀散發出甜甜的香氣，在金木犀的前方，他們看到一個用沉甸甸的檜木樹皮做成的屋頂。這時，屋頂後方高聳入天的杉木林後面，已經可以看到陡峻的山頂懸崖。

直到剛才還包圍山頂的雲移動了，從白色雲霧之間的空隙，可以看到凹凸不平又尖銳的岩石突然露出。

受到杉木林保護的館，前面是一個地面被踩得硬邦邦的小型廣場，樹林的背後，有一段短短的、大約只有五階的石階，通往那個小廣場。

泰德率先走上石階，工匠跟在後頭。當小結和小匠也開始爬階梯時，走在前方的工匠突然停止動作了。

「怎麼了？」墊後的小匠差點撞上小結，提高音量問道。

小結用視線示意呆立在她前面的工匠背影。

「……叔叔。怎麼了嗎？」

「快點上來啊！」泰德從廣場上面對大家喊叫著。可是，工匠還是站在石階的最上面一階，動也不動。小結從那龐大身軀的旁邊鑽過去，走到石階上面。

石階的盡頭，立著二根石頭做的門柱。從石階到廣場入口的兩側各一根，大約只有小結身高一半的矮小門柱。

工匠一直站在門柱前面沒有動作，如同停止呼吸似地張大眼睛，盯著地面。

「你為什麼……不走上去？」小結有點害怕地問工匠。

「……我沒辦法從這裡，再往前走了……」這是工匠的回答。

「為什麼？」

小匠終於來到困惑的小結身旁。小匠也從工匠旁邊擠過去，走過石頭門柱，來到廣場上。

「叔叔，怎麼了？」隔著門柱，小匠和工匠面對面，問著和小結一樣的問題。

工匠慢慢的把肩膀上的小萌放到石階上。小萌也馬上跑到廣場上。

「……我不知道……」工匠彷彿很疲倦似地搖了搖頭。

「雖然不知道是怎麼回事，但我沒辦法通過這二根柱子……」

「為什麼？這沒那麼窄啊。大家都過來了……」

「試試看從這裡過來嘛。」

泰德從門柱的另一側探出身子，對著工匠招手，要工匠從旁邊繞一圈過去。

工匠抬起頭，慢慢抬起腳，但馬上又把抬起的腳放下來，嘆了一口氣。

「……不行。沒辦法前進……」

「為什麼？這裡明明就沒有東西擋住啊……」小結愣愣地看著工匠。

小萌則從石階上面拉著工匠的手臂。「叔叔，快點。這裡，這裡！」

工匠苦笑著，看著小萌。「……不知道為什麼，腳沒辦法再往前走了。簡直就像是有一堵看不見的牆壁擋在前面一樣……好像有一根透明的繩子綁住我……」

小結不禁伸出雙手，摸著門柱之間的空間。可是，什麼都沒有。只感覺到指間吹過樹林的涼涼微風而已。

小匠不經意地摸著門柱，忽然有什麼發現。「啊……」

「怎麼了？」小結緊張地看著弟弟。

「……這個……這柱子上的花紋……這個，跟那石頭一樣！」

「欸，叔叔，快來看。這個石柱上面雕刻的花紋，跟那個堵在隧道出口的石頭上面一樣喔！」

小結、小萌和泰德都完全不瞭解小匠的意思，但都把臉湊近石柱，張大眼睛看著，原來粗糙的石頭表面，全部都刻了細細的線條。就像是由二條直線和三條橫線所組成的竹籃子一樣。

「……把這石頭拿走的話，不知道過不過得來……」小匠所說的話，讓小結嚇了一跳。

「你說拿掉，可是這柱子是埋在地上的喔，怎麼可以隨便移動別人家的門。」

可是小匠已經去推其中一根門柱了。小匠一用力，石頭的門柱就開始微微地搖晃起來。

「再退一點點。」小匠繼續用力，廣場入口的門柱就這麼應聲倒下。

「哇……你到底在幹嘛？竟然把別人家的門柱給推倒了……奇怪，這個門柱到底是什麼？這麼簡單就被推倒了。」小結發牢騷時，也試著推了推門柱。

可是，門柱卻紋風不動。「咦？這邊這一根還挺牢固的……」

被小結這麼一說，小萌和泰德也跑來推門柱。可是，門柱完全沒有移動。像是在地上生根，動也不動。

「我來試試看。」小匠神氣的說。

「不可能，它一動也不動……」

小匠再次把手搭在石柱上面，結果輕輕一推，門柱就歪了。

「咦……？」小結忍不住吞嚥口水，泰德和小萌也都呆看著。

這時候，工匠邁步踏上倒在地上的二根石柱之間。宛如什麼事都沒發生過一樣，工匠登上石階的最後一階，走進大家所站著的廣場裡面。

「……果然……是這石頭在搞鬼……」小匠低頭看著倒在腳邊的門柱，喃喃地說。

「你什麼時候變得這麼有力啦？」小結目不轉睛的盯著弟弟看。

「喂！快看！」小匠指著倒下的石柱，「那個花紋消失了！一模一樣！跟隧道的那個時候一樣！」

大家都聚集到小匠身邊，順著他的手指低頭看門柱，驚訝得張大了眼睛。這一次，刻在石柱上面的花紋也消失了。一條線也沒有留下，連痕跡也沒有，像是被擦掉似的，全都不見了……

「到底……是怎麼回事？」小結看看花紋消失的石頭表面，又看看弟弟，歪著頭問。

「不知道……」小匠沉思著搖搖頭。

「只是霧之谷和山上相連的隧道出口裡，也放了一顆跟剛剛相同花紋的圓石。」

「然後，那時候也一樣，是你把擋住出口的石頭推開。」工匠接著說下去。大家的視線都不約而同的集中在小匠身上。「你推動了石頭，然後，石頭上面刻的花紋消失了，接著，我才可以走出那個出口。到底是為什麼呢？」

工匠像是在找什麼似的，一直凝視著小匠的眼睛。「你做了什麼？」

「……？」小匠不知如何回答。

此時，從館的方向，傳來女子的聲音。

「不可以再靠近了！館主大人誰都不見喔。你們大家快點離開這裡！」

小結抬頭看到廣場深處的館前站了三個人。但是仔細一瞧，三人之中，真正的人類，只有站在中央的高個兒女子而已，兩側的男子，是雕刻成守衛模樣的石像。

看守館入口的石像守衛之間，那個女子直挺挺地站著，瞪著他們。濃密的黑色頭髮高高的盤在頭上；透白的肌膚，即使在屋簷的陰影下面也閃閃發光。那個女子穿著一件有長長下擺，宛如長裙一般的衣服，輕飄飄的像是用山谷間的霧做成的羽衣。

「請離開！」女子再度以嚴厲的聲音說著，並從館的屋簷下方往前跨出一步。

女子嚴峻地瞪視著他們，小結背脊一陣發毛。

在小結旁邊，泰德悄悄地喃喃說：「那個傢伙，就是石英。」

那名女子的眼睛，在秋天的陽光照射之下，閃爍著宛如深邃湖水的倒影般的綠色。

8 館主大人

小結一行人聚集在廣場的一隅，石英向他們走了三步，雙手彷彿在使勁的將身體弄彎似的交叉環抱在胸前。

「請問……」小結吞著口水，看著像冰一樣冷漠的女子。「我們有事想轉達給館主大人，所以才來的。一下子就好，麻煩請讓我們見見館主大人。因為這件事情真的很重要……」

「我已經說過了。」石英態度高傲地說。「館主大人誰也不見，他現在身體欠安。快點離開，不准再前進。」

這時，工匠走到孩子們前面。石英看到他的那一瞬間，綠色的火焰在她的瞳孔中飄搖。工匠與石英都沉默著，宛如刺探對方一般凝視著彼此的眼睛。

小結看著瞪視工匠的石英，飄忽搖曳的綠色瞳孔因憤怒而閃著光芒。緊抿著的紅色嘴唇，也因憤怒而微微顫抖。

「為什麼，會到這裡來……」石英不可置信的低語。「是誰把石門打開了？誰把石門推開了？」

小結嚇了一跳，偷偷瞄了小匠一眼。站在工匠後面的小匠，屏住呼吸，盯著石英的臉看。

「打算把我關起來的，是妳嗎？」工匠的聲音低沉而小聲，但氣勢不輸給石英，兩人皆低語的話語中彷彿藏了一把銳利的刀子，口氣中都暗藏了想將對方劈開的猛烈氣勢。

「為什麼要把我關起來？是妳把我關起來的嗎？」工匠問著，又

8 館主大人

往館的方向跨出一步。

孩子們都屏住氣息，注視著石英和工匠。

從樹林吹來的和風，讓石英如霧般的衣裳飄起來。

注視對峙著這兩人的小結忽然有種莫名的感覺。

有哪裡不對勁，是不是哪裡搞錯了……可是，是什麼呢？

她的心裡焦慮起來，不安地看了廣場四周，然後，視線又回到站在眼前的工匠與石英身上。

會是什麼呢？……總覺得，有哪邊不對勁……

小結回想起小萌從幼稚園回來時，不經意地看了她的腳一眼，發現她把左右腳的鞋子穿反了，像是這樣的感覺……一種小小的違和感。好像不小心遺漏了什麼，不協調的感覺讓小結的心中產生疙瘩。

就在小結苦惱的時候，石英動了。

石英輕飄飄的將身子從工匠的正面移開，將那條通往館入口的路讓出來，她縮起肩膀，臉上露出微笑。

「如果那麼想去的話，就過去吧。我並沒有想要阻止你們的意思。不過，你們一定會很失望吧。希望你們見到館主大人，不要太沮喪喔……」石英像等著看好戲地說著，臉上再度浮現冰冷的微笑。然後，朝著工匠畢恭畢敬的鞠躬。

「那麼，我們就過去囉。」工匠朝館前進，孩子們像影子般緊緊地跟在他後頭，從石英前面走過去。

他們從拿著長槍的石頭守衛中間經過的時候，忍不住停住呼吸，身體也緊繃起來。因為石頭守衛看起來像是隨時都會動起來一樣。

就這樣，小結一行人終於來到有著神社般氣息的館入口。入口是二扇關起來的門，上面鑲嵌了採光用的紙窗，門靜靜地關著，館中鴉雀無聲。

工匠正要伸手去把門拉開時，他停止動作，回頭看向小結。

「妳們先進去吧。因為有事找館主大人的是妳們……我就按照之前的約定，待在館的某個角落，看一看館主大人的模樣就好。」

小結小心地往前走一步，工匠從門前退開，走到孩子們後面去。

「那，我要開了。」小結用力的將門往自己這邊拉開。

門慢慢地打開了，在門的另一邊，出現一間地上鋪著木板、光線昏暗的房間。空蕩蕩的四方形房間中，從門口流洩而入的光在光滑的地板上往前延伸。

小結屏住氣息，愣愣地看著被光線照亮的館內部。

「欸，這裡就是國王的家嗎？好暗喔，而且什麼都沒有……」小萌從小結身後將身子探出來，一臉不可思議的問。

「噓！小萌，安靜點！」小結緊握住妹妹的手，小聲的說。

「館主大人，就在那裡面。」鋪木板的房間裡面垂著一片簾子，泰德直直的指著它。

噗通、噗通、噗通……小結的胸口開始發出激動的聲音。終於要見到館主大人了。一想到自己要站在這座山的國王前面，身體就緊張得僵硬。

她輕輕的往屋裡挪動腳步，看到簾子後面有一個黑色的人影。人影所在的地方被簾子分隔開來，宛如一個小房間，從門口射進來的光線也照不到那邊去，相當昏暗。

「請問是……館主大人嗎？」小結開口問道，但簾子後面的人影沒有回答。

只憑房間的四個角落的採光窗透進淡淡光亮，沒有辦法看清簾子後面的情況。不過，簾子後面的黑影，看起來很大很有份量，威風凜凜十分鎮定的樣子。

「館主大人？」小結再度悄悄的朝簾子後方呼喚，並且慢慢的在木頭地板上前進。大家也一個接一個的走到房間裡面。

小結、小萌、小匠、泰德四人走在一起，最後面的是工匠。大家緩步一起走入房間。

忽然，簾子後方傳來尖銳的聲音。「什麼人！」

孩子們嚇得跳了起來。他們亂成一團，彼此緊緊靠在一起，戰戰兢兢的。

「請問……館主大人……您是館主大人吧？」小結十分慌張，卻忍不住詢問簾子後的人影。

「沒錯！俺就是館主。你們到俺的館來有什麼事！」

那個聲音聽起來很嘶啞、乾澀。讓人感覺不舒服的粗魯聲音，無法和這威風凜凜的黑影聯想在一起。

「快給我滾出去！俺很忙的！」

聽到這回響在木板房間裡的聲音之後，心情也跟著下滑。這真的是館主大人的聲音嗎？感覺既沒有威嚴，又很粗俗且令人討厭。

「別過來！不准再靠近！不能再往這裡走過來了！」

孩子們離簾子只有五步的距離，他們彼此面面相覷，沒辦法，只好放棄繼續往前走了。

「我們有話想轉達給館主大人才來的。」小結看向簾子後方，將失望的心情強壓下去，提起勇氣，大大的深呼吸一口，「……事實上，今天，住在山頂上的大蛇跑到下面的村子裡。遇到大蛇的人們都變成石頭，樹林裡的橡樹也長出金色的橡樹果。所以……也就是說……您瞭解了吧？這是山裡的一個大事件。災禍降下來了！」

就算小結一口氣說完，簾子後面也沒有任何回應。習慣暗處之後的眼睛，可以隱約看到簾子後面的人影。

館主大人還是一樣威風凜凜地挺著胸膛，傲慢地站著。

「……請問，館主大人？您有在聽嗎？」小結擔心的詢問時，一個奇怪的聲音從簾子後面傳出來。

咻、咻——像是漏氣一樣的聲音，又像是風吹的聲音。

孩子們不安的看了看彼此。

他在哭嗎？小結在那一瞬間如此想著。但很快的，她發覺她搞錯了，全身起雞皮疙瘩。

他在笑！這個人，在笑！館主在笑。

好像聽到什麼有趣的事，讓他忍不住笑出來似的……

從簾子後面傳來的竊笑聲漸漸變大，館主再也忍不住了，開始放聲大笑。

在那讓人有點毛骨悚然、乾澀的笑聲之中，孩子們只能面面相覷。

館主越笑，小結就越覺得詭異，因為就算是在如此大笑的時候，館主的黑影仍然威風凜凜地挺著胸膛，雙腳牢牢地站著，肩膀聳起，往下看著他們，身體完全不動。

有什麼地方不對勁，一定有什麼地方弄錯了。

小結又陷入那股奇妙的感覺中，在工匠與石英彼此對峙時，那股說不出來、模糊的不安又重現了。之前的場面，和眼前的場面，都有某個地方很奇怪，讓小結的心裡癢癢的，有個疙瘩存在。

震動黑暗的尖銳笑聲。簾子後面一動也沒動的人影。從門口吹進來的風，微微地晃動了館主前面的簾子。

啊……！風像是要告訴她什麼似的，頻頻對著她喃喃細語。

小結閉上眼睛，張開「順風耳」。傾聽風的細語，在那一剎那，小結感覺到全身的血液彷彿都凍結了。

是氣息！這個人，完全沒有氣息！

明明這麼近卻感覺不到氣息！

呼吸、心跳聲、甚至連體溫都感覺不到！

小結的背上一陣發涼，好像連頭髮都要豎起來了。

我知道了！為什麼總覺得怪怪的！因為我的眼睛所看見的，跟我的耳朵所聽到的感覺完全不一樣。

雖然看見館主大人的影子，但卻沒有感覺到館主大人的氣息。

工匠和石英二個人對峙的時候，那時候……那時候，只有工匠一個人的感覺！

石英沒有氣息！館主大人也是，一點氣息都沒有！

我被自己的眼睛蒙蔽了！那張簾子後面，根本就沒有人！站在那裡的，不是活生生的人！那個人……大概……

小結移動腳步靠近垂掛在房間裡面的簾子。

「姊姊？」小結聽到小匠驚訝的呼聲。可是，小結沒有停下腳步。一步，又一步，走近館主所在的地方。

當小結的手碰觸到簾子時，館主的笑聲忽然中斷了。

「不准過來！不准碰！退到後面去！」宛如被逼到絕境的聲音，

響徹房間之中。

忽然，小結用力的扯下簾子。

啪沙！噗通！

映著館主身影的簾子，從天花板被扯了下來，發出沉重的聲響，掉在地板上。

小結倒抽一口氣，目不轉睛地盯著眼前的景象，眼前的館主有著寬闊的肩膀、強壯的手臂、粗眉毛下方嚴肅的眼睛、覆蓋住嘴巴的濃密鬍子……可是，站在那裡的，不是一個活生生的人。

那，只是一尊石像而已。

「……果然……」小結喃喃地說，因為太過震驚使思考變得混亂。跟小結用「順風耳」所聽到的一樣，站在簾子另一邊的是石像。

可是……為什麼？

「館主大人！館主大人！變成石頭了！」泰德大叫著。

「這個、這個人，是館主大人嗎？」小匠問。

「不對喔。」回答的是小萌。小萌走到小結旁邊，頻頻抬頭看著館主的石像。

「不對喔。這個人，明明是大叔叔喔。」

「……咦？」被小萌這麼一說，小結如同被霧繚繞的思緒才突然清晰。

「為什麼？」小結回頭看向身後。小匠、泰德和小萌，也都像是想起什麼似的回過頭去，大家的視線都集中在工匠身上。

恍若置身夢中似的，凝視著館主的工匠低語說：「這個……這個石像，是我……」

隱藏在館裡面的這尊石像，為什麼會和工匠長得一模一樣？

9 石頭大蛇

靜悄悄的昏暗館中，彷彿有眼睛所看不見的不安與混亂正激烈震盪。

就在此時，小結敏銳的耳朵，聽到小小的聲音。叩咚……

那個聲音真的非常微弱，雖然小結十分謹慎小心，還是讓小結緊繃的心宛如落葉般顫抖了一下。

「有人在……那邊，有人！」

緊張的氣氛在館中流竄。小結一邊從石做的館主前面後退，一邊

指向石像的陰影處，從孩子們後面走向前的工匠，也屏息凝視著暗處。石像後面的黑暗中，有一個被染黑的大衣物箱，靜靜地放置在那裡。

工匠像是詢問似地回頭看著小結，小結對著工匠大大的點頭。

工匠慢慢地走近放在石像陰影處的衣物箱，把手放在箱子的蓋子上，然後像是要讓心情鎮靜下來似地大大吸了口氣。受到他的影響，孩子們也一起屏住氣息。

突然，衣物箱的蓋子從內側強勁的掀開，簡直就像是嚇人箱一樣，一個小小的老人，發出歇斯底里的叫聲，從衣物箱裡面跳出來。

「石英——！石英！妳跑到哪裡去了！」像柿乾一樣乾癟，滿頭白髮的老人，滿臉通紅地叫喚著。

「啊！這個聲音！」小結首先大叫出聲。

「啊！這個人！」小匠也同時叫出來。

「是館主大人的聲音！」泰德也大叫。

「剛才說話的，就是這傢伙嗎？」

「我知道這個人！」小匠盯著這個乾癟的老人，拚命地叫著。「這個石像是這個人刻的！我看到了！滿頭白髮的老爺爺，雕刻工匠的像！」

這時工匠彎下腰，從空空的衣物箱裡，拿出像是長棒子的東西。那是一根很細的青竹竿。工匠像看望遠鏡般看了竹竿內部之後，生氣地瞪著老人。

「竹節被拿掉了。這傢伙八成是躲在箱子裡面，把這根竹筒伸到石像的頭後面，再經由這根竹筒來說話。讓我們以為，是站在簾子後面的館主大人在講話。」

「為什麼要做這種事?!」小結大聲責問老人。

一直到剛剛都還用嘶啞的聲音叫嚷著的老人，現在像變成啞巴一樣，在眾人面前鬧彆扭似地把頭轉向一旁。

「好了，請你說明一下，這到底是怎麼一回事？你到底是什麼人？為什麼要騙我們？真正的館主大人到哪裡去了？還有……」工匠一邊說，一邊瞄了跟自己一模一樣的石像一眼。「這個石像，又是怎麼回事？為什麼這裡會有我的石像？這石像，真的是你刻的嗎？」

「叫石英過來。」老人用非常不高興的聲音說。大家彼此互看，動作靈活的泰德啪噠啪噠地跑到門口。

泰德從大大敞開的門之間探出頭，朝外面四處張望，不一會兒回頭看屋內，聳了聳肩膀。「不在啦。不知道去哪裡了。」

老人像洩了氣似地垂下頭，軟弱無力的當場坐下來。

「好了。」工匠低頭看著老人問道。

「可以告訴我們嗎？這棟館到底發生什麼事？你又是誰？你知道什麼嗎？」

老人沒有回答。他一句話也不想說似的，把嘴巴抿成一條線，頑固地瞪著地板。

「你這傢伙，該不會是大蛇的同伴吧？」泰德充滿怒火地盯著老人看。

「他剛剛還想騙我們，實在很可疑。這傢伙，一定是有什麼陰謀，然後把山邊的大蛇叫下來！」

「那種事，俺沒幹！」老人依然瞪著地板，但很生氣地說。「什麼山上的大蛇，才沒有那種東西！」

「什麼沒有？混蛋！」泰德怒氣沖沖地說。

「開什麼玩笑，混帳東西！我可是親眼看到大蛇的尾巴咧！那玩意兒唏唏簌簌地爬進樹林裡耶！那傢伙……那傢伙……把山裡的每個人都變成石頭了！」

像裝了彈簧的娃娃似，老人倏地站起來。「山上的大蛇？那傢伙爬進樹林裡?哈、哈、哈!」老人看著泰德，反唇相譏。

「想騙俺這個老人，這可是不行的喔，小鬼，給俺聽清楚了。你們所害怕的那個山上大蛇，只是石頭做的東西罷了!這座山頂上，從一開始就沒有什麼大蛇!

那個大蛇，是俺很久以前在山頂的岩石上雕刻的傑作!因為刻得太好了，每個人、每個人都被騙了!都認為山上住著一條真正的大蛇!

你們哪，每個人，都太笨了!害怕那個石頭刻的大蛇!被那個石頭大蛇嚇得要死，實在是太愚蠢了!」

「你說什麼!混帳東西!」泰德正要對老人動粗，工匠緊緊壓制住他的身體。

「放開我!我要扁這傢伙!」泰德大叫著。

「閉嘴!臭小鬼!」老人也不甘示弱。「還說看到那個不存在的大蛇尾巴，吹什麼牛！你這個說謊的兔崽子！」

「我明明有看到！我明明看到那傢伙了！」嬌小的泰德，拚命地扯開嗓門大叫。

老人臉上露出不懷好意的笑容。「石頭的大蛇，到山下來了嗎？石頭的大蛇，會爬進樹林裡面嗎？如果你認為俺說謊，現在馬上就到山頂上去看看！在山頂的岩石上面，那條巨大的蛇就盤踞在那裡！那傢伙連一動都沒動，因為它只是石頭刻成的大蛇！」

「……可是……」小匠畏縮縮地插嘴，「在山頂上面，看不到大蛇啊！」

老人瞪了小匠一眼。小匠慌張的將視線從老人身上移開，小聲的說：「剛才，雲散掉的時候，我有仔細的看過山頂上面。上面沒有大蛇。山頂上只有尖尖的石頭突出來而已啊……」

「對啊。在我們好不容易走到這棟館的時候，山頂上的雲散開了。山頂上，根本就沒有大蛇。泰德並沒有說謊。說謊的人是老爺爺喔。」小結接著回答。

老人閃爍的雙眼瞬時變得黯淡無光，吃驚地瞪著每個人的臉。

「你們每個人，都聯合起來想騙俺嗎？一定是這樣！你們一定打算騙俺！」老人現在的聲音，像是要哭出來般顫抖著。

「沒有說謊喔。」小萌噘著嘴，從小結的背後抬頭看老人。

「姊姊和哥哥，還有泰德，都沒有說謊喔。」

老人彷彿被逼到走頭無路，再次看了眾人的臉後，抱頭坐下。

「怎麼會……難道有人，把大蛇的眼珠子放進去了……」

「你是什麼人？」工匠神色凝重地問。「很久以前，就在那座山上雕刻了大蛇。還雕刻了一尊跟我一模一樣的石像……你為什麼要雕刻石頭？你該不會……」

「俺……是工匠。」老人語重心長地回答說。

「咦?!」孩子們不約而同的吞了一口氣。

工匠?另一個工匠?這個人也是工匠?

他們的腦袋一片混亂。

此時,老人用力嘆了一口氣。他把滿是白髮的頭埋雙手之中,用嘶啞的聲音開始說。

「沒錯,俺是工匠。所以,俺雕刻石頭。俺雕刻男人的石像,俺雕刻佛的石像,俺雕刻大蛇的石像。

俺聽得見石頭的聲音。石頭對俺說,快來雕刻我吧。把隱藏在我凹凸不平的外表下面的真正模樣雕刻出來吧,它們這樣拜託俺。

俺不是雕刻石像。俺是用鑿子,把多餘的東西削掉、銼掉,將那個石頭的真正模樣,從石頭裡面雕刻出來。

當然,不是每一次都很順利。俺在雕刻的時候,也曾經失落過。應該說,那樣的情況還比較多吧。這個石頭的模樣,不是長這樣子的……俺會這麼覺得。雕刻完了之後，多半俺都會覺得雕刻的東西是失敗品。

只是偶爾……能把石頭真實的模樣彫刻出來。

在俺的眼裡，石頭只是一塊透明的玻璃。玻璃裡面，很清楚地浮現出那塊石頭該有的模樣。

剩下的……就只是仔細……把那傢伙給雕刻出來就好了……總而言之，不是俺雕刻石頭，而是石頭要俺去雕刻它。到目前為止，俺只碰過二塊這樣的石頭而已。

其中就是那個大蛇。在這座山上的岩場，從以前就有一顆叫做「蛇岩」的石頭，它看起來像一條巨大的蛇蜷曲起來。俺也是從小看著那塊石頭長大的。

某天，俺真的看到蛇了。清楚看到在蛇岩裡面，有一條真的大蛇俯視著俺。俺馬上就瞭解了。那傢伙，要俺去雕刻它。要俺把它岩石的外衣剝掉，露出自己真正的模樣。

所以俺就雕了。那時候，俺還很年輕哪。俺爬到山頂的懸崖上，就這樣來來回回雕刻了一百零八天。雕刻蛇彎曲柔軟的身體……連鱗片也一片片細心刻劃，最後，那傢伙巨大的身軀出現在我眼前。俺突然感到害怕。因為俺聽說，石像做得太逼真，是會有生命的。

所以俺，沒有給那傢伙放上眼珠。雖然俺在谷底找到二顆鮮紅色的石頭，磨成二顆圓圓的寶石，但俺沒有放入那傢伙的眼窩，而是留在自己身邊，就下山去了。

在下山的時候，石像的聲音刺入俺的耳朵裡。那傢伙，想要眼珠。一直央求俺把眼珠給它。

俺裝作沒聽見那石頭的聲音，下山之後，就再也沒有上去過。俺會在霧之谷隱居，也是因為害怕看到它，害怕聽到它的聲音。俺害怕自己會經不起那傢伙的慫恿，到山上裝入大蛇的眼珠。」老人說到這裡之後，又嘆了很大一口氣，以疲倦的雙眼，看了圍繞在他身邊的小結一行人。

「你們卻說那個大蛇動起來了。說那傢伙下山來，還爬進樹林裡……如果是真的，那就是有人給那傢伙眼珠。它一直都很想要眼珠，一定有人幫它鑲上去了。若非如此，那傢伙不可能動起來。」

「你為了大蛇所打磨的二顆紅色寶石，現在在哪裡？」高大的工匠靜靜地開口。

「那個……那個寶石，俺給石英了。」老人抬頭，用呆滯空虛的眼神看著工匠。

孩子們聽了面面相覷。

「一定是石英把大蛇的眼睛裝上去的。」工匠如此說了之後，老人很驚訝地慌張搖頭。

「不可能！那傢伙怎麼可能爬到山頂上呢。它是石頭做的女人

喔。那傢伙的身體那麼重，不可能爬到山頂的懸崖上面去！那個懸崖除了陡峭之外，岩石也很脆弱，很容易碎掉。」

新的震撼在館中擴散。所有人都無法理解老人所說的意思，只是呆站原地而已。

果然……只有小結在心中喃喃自語。**果然，那個人，不是活的人。所以才沒有氣息……**就算是這樣，小結的腦袋還是混亂得像一座迷宮。

石英是石頭做的。石頭做成的女人。可是她說話了，也走路了，還會眨眼。雖然沒聽見心臟的聲音，但是她在大家的面前笑了。雖然沒有體溫，但是她用光滑的白皙手臂環抱著胸……

「……到底是怎麼回事？」高大的工匠終於開口問老人。像是從心底深處湧上來似的，老人再度深深的嘆一口氣，接著說。

「俺不是說了嗎？俺一生雕刻出來的傑作有二個。一個是大蛇，然後，第二個傑作就是石英。俺記得是在庚申祭一個月前，俺在霧之谷下面的河裡、露出來的石頭中，發現了那女人。

那塊又白又光滑的石頭，受到谷底河流的沖刷，從很久之前，就已經出現在河的上游。不過，那時候，山上刮著很強的狂風暴雨。在那暴風雨過後，俺沿著河邊走，看到那塊被削掉一半的石頭，大概是被暴風雨沖下來的漂流木還是大樹給撞上，河中間的岩石全部都被削掉了。

走近一看，在岩石裡面，俺看到一個女人的模樣。和俺看到的大蛇一樣喔。在河裡看到的白色岩石是透明的，裡面站著一個女人。那美麗的女人，在岩石裡面看著我微笑。『請雕刻吧。請把我雕刻出來。』

俺很清楚地聽到石頭的話。俺不顧一切，拿起鑿子，開始雕刻女人的像。俺削著堅硬的石頭，像是在脫下一層堅固的盔甲，把女人雕刻出來。俺原本以為，不可能會再雕刻出像大蛇那樣的傑作了，但是這一次，俺也確實看到岩石的真正模樣。俺很清楚看到女人站在岩石中的樣子。

不管是柔和的臉頰，還是優雅的手臂，就連每一根光滑的頭髮，俺都透過石頭看到了。俺花了三天三夜雕刻那個女人，然後……這次，就這一次，俺決心要把這個傑作完成，俺給石英裝上了眼珠。

俺在谷底撿了二個美麗的碧玉碎片，打磨好，做成美麗的綠色眼珠給了那個女人。」

彷彿美麗的石雕女子又出現眼前，老人回想起來，陶醉地瞇起雙眼。

「然後，那個石頭做的女人就有了生命。白色光滑的皮膚散發光澤，眼睛炯炯有神，石英看著我微笑。接著，說話了。『您終於為我裝上眼睛。這樣一來，我也能看見您了。』這就是，石英最初所說的話。」

館內靜得連針掉了都聽得見。老人不可思議的故事，在昏暗的漆黑中，充滿魔法的氣氛，孩子們覺得彷彿一隻腳踏入了夢境裡，每個人都一語不發，一直盯著老人。

高大的工匠，大大地吸了一口氣。小結抬頭看工匠，他的眼神嚴肅得像是下了某種決心一樣，凝視著坐在地板上的老人。

「你是工匠嗎？」高大的工匠，對著老人發問。

「當然。俺是工匠。」老人斬釘截鐵的回答。

「那麼，告訴我。」工匠詢問工匠。

「你如果是工匠，那我又是誰？」

工匠問工匠，他到底是誰？

這真是奇妙的景象。可是二位工匠互相對峙的眼神，再認真不過了。最後年老的工匠從目光高大的工匠身上移開。

「你，是館主。」令人無法置信的話，震撼了館中的黑暗。這一句話，有著把截至目前所看到的世界，急遽地翻轉過來的力量。

老人再次答道：「沒錯，你是館主。石英下了詛咒，把咱們兩個對調了。工匠變成館主。館主變成工匠……王變成工，工變成王。石英的力量，把咱們二個交換了。」

10 石英的計謀

小結目不轉睛地看著這個站在自己眼前滿臉鬍子的男人。

這個人真的就是館主嗎？這個來路不明又可疑的男人，真的就是館主嗎？

「……想起來了嗎？」在小結遲疑的時候，小匠這麼問了。「叔叔說過忘記了一件很重要的事，會不會就是自己是館主大人這件事呢？聽了這個老爺爺……工匠所說的話，想起來了嗎？叔叔想起自己是什麼人了嗎？」

滿臉鬍子的工匠直眨著眼，看著小匠。「沒有……我不知道。總覺得，像是做一場噩夢似的。如果我是館主，那我為什麼會在霧之谷呢？我怎麼可能把一切都忘了呢？」

「他說是石英把你們二個人交換了。」小結看著工匠爺爺，沉思了一會兒。

「可是……這麼做有什麼好處？為什麼石英會想這麼做？」

老人坐立不安的將目光從小結的臉上移開。「……因為石英說，適合當這座山真正國王的人，是俺。」

孩子們面面相覷，讓工匠爺爺覺得更加難為情，唰唰地抓著背。這位矮小，滿臉皺紋的老人適合擔任山裡的王，這想法到底是誰想出來的啊。

因為一直被大家盯著瞧，老人惱羞成怒地哼了一聲。

老人聳肩說：「你們大概不知道吧，聽得到石頭話語的人，就是被選上的人。要說為什麼的話，因為這座山，本來就是石頭們的山啊。

石英說過，石頭也是有心的，還有石頭們想把這座山奪回來，就像以前那樣。可是，一直到現在，能傾聽石頭們說話的人，一個也沒有。沒有人能聽見石頭們所說的話。除了俺以外。

『正因為您聽得到石頭的話，所以才適合當這座山的王。因為，這座山，就是石頭們的山。聽得見石頭說話的您，是被石頭所選上的，真正的國王……』」

「因為這樣，就把老爺爺跟館主大人交換了嗎？」小結覺得太荒唐了。

老人哼了一聲，把頭轉過去。之後狡猾地瞄了滿臉鬍子的工匠一眼，笑了起來。

「這個男的，也是這麼希望的喔。這傢伙偶爾會到霧之谷來玩，對俺發牢騷。

像是，他走在路上，大家都會向他行禮。大家都會找他商量，還要用心注意每個人。這種像是被監視的生活，實在是很痛苦。如果能像俺一樣，一個人隨興過日子，不知該有多好，說這種話的，就是這個人。

所以，俺實現他的願望。不過，俺只是想說，暫時離開那個潮溼的山谷，在山上過過被人請吃飯和喝酒的日子也不賴而已。

石英也這麼說：『請您也嘗試一次看看。我會把您和館主大人交換。不要緊的。不會有人發現。您可以雕一尊和館主大人一模一樣的石像，讓它站在館裡面，山上的人們就會認為真正的館主大人還在館裡。到時您就可以享受著山中之王的日子，因為您有這個資格。當然，如果您不喜歡這種生活，我會再將您二人換回來。』

石英在祭典的前一天晚上把館主叫到霧之谷去，把他跟俺交換了。當然是用了很巧妙的方法。俺也喜歡這個想法。俺覺得在山上當一陣子的國王，好像也挺有趣的。」

「那樣做，太過分了。」小匠不可置信地說。「然後，你就當上館主，而把真正的館主關在霧之谷裡面？把可以離開山谷的隧道出口，用一顆大石頭堵住的人，就是老爺爺吧？」

老人毫不在乎的說：「那也是沒辦法的嘛。俺在山上當館主的時候，要是真的館主跑出來不就不妙了嗎。

所以，石英把隧道的出口用石頭擋住封印起來。然後，為了讓他也不能靠近這個館的入口，也謹慎小心地下了小結界。她真的是個頭腦聰明、做事周到的女人。話說回來……」老人像是想起什麼似的，忽然抬頭看著滿臉鬍子的工匠。

「你是怎麼到這裡的？能解開那個石之封印的，只有『真正的匠』，石英是這麼說的。你這個假的匠，不管怎麼推拉，應該都無法移動那個石頭才對。在俺沒有解開那封印之前，你應該沒辦法離開那個山谷才對……」

工匠瞠目結舌地盯著小匠的側臉。「……移開那個石頭的，不是我。移開石頭的，是這孩子……移開門柱的，也是這孩子……」老人張大了眼睛，訝異地看著小匠的臉。

「為什麼你可以解開那個封印？你是什麼人？」

小匠慌張地看看滿臉鬍子的工匠，又看看老人的臉。「呃……我……」他支吾了一下，沒有回答，低下頭來。揹開身上流著一半的狐狸之血不說，小匠也只是個小學生而已。他也不認為時光眼，會對解除石英的封印有什麼幫助。

小結一直看著弟弟，然後開口說：「哎呀，這麼說來你也是真正的匠啊。」

小匠很驚訝地抬眼看姊姊，小結聳聳肩說：「喏，你的名字是信田匠吧？這是你真正的名字，所以你也是真正的匠，沒有錯啊。只不過因為同名就可以解除封印……」由於小結歪著頭說，大家也再度陷入沉思。小匠心情很差地低著頭。

忽然一片靜謐的館裡吹進一陣風。回頭看向大門的小結，張大了眼睛。被黑暗切割成四方形的光亮之中，站著一個人影。

從外面照進來的光線太過刺眼，使得那個人的臉上布滿陰影。不過，那鮮明的輪廓勾勒出的身影，讓小結覺得很眼熟。就在這一瞬間，人影突然舉起一隻手。

「唷！小結你們在這裡啊，我到處找你們欸。」開朗的聲音回響在館之中。

「夜……夜叉丸舅舅！」小結不可置信地揉揉眼睛。

「是夜叉丸舅舅！」小匠和小萌往門口跑過去。

泰德看著小結，「他是誰啊？」

「呃……」小結看著在場的人，尷尬地回答，「……那個人，是我們的舅舅。」

「到底是從哪裡來的？他不是山上的人吧？」滿臉鬍子的工匠，疑惑地皺眉。

「呃……大概，是從抽屜裡面……」小結支支吾吾地回答。

「俺知道啦！」老人忽然大聲叫嚷起來。「俺知道那個男的！那傢伙，就是昨天晚上到這個館來，大吃大喝了一頓，還引起大騷動的旅行男子！」

「啊啊……」小結嘆氣時，從門口莽莽撞撞地進到館內的夜叉丸舅舅，對著老人滿臉堆笑的打招呼。

「嗨！昨天晚上承蒙熱情招待。我想說至少要道個謝，所以又折回來了。」

「哼！道什麼謝。明明一溜煙就不知道跑到哪裡去，事到如今還裝模作樣！」就算被老人罵了，夜叉丸舅舅也裝作若無其事。

「哎呀，因為今天一早就有點事情嘛。您好不容易可以休息，吵醒您就太不好意思，所以我就悄悄的出去了。好啦，既然已經問候到，那我也要趕緊告辭，在這之前還有一件事……」夜叉丸舅舅用眼角很快看了小結一眼，接著若有其事的「嗯哼」乾咳了一聲。「嗯，其實啊，山上發生了一件有點棘手的事情，您應該已經知道了吧？」

所有人都盯著夜叉丸舅舅的臉，讓舅舅十分慌張。他從眾人圍成的圓圈往後退了二、三步，敷衍的笑容在他的嘴角擴張。

「哎呀。如果您已經知道的話就太好了。如果還不知道的話，作為一個朋友，我想應該要給你一個忠告會比較好……總之，那條大蛇，真的是一個脾氣不太好的傢伙啊。因為有那樣的傢伙在山裡面閒晃，總而言之請小心。」

小結聽了夜叉丸舅舅的話，試圖深呼吸平靜心情。真是的，每次都這樣，為什麼一看到夜叉丸舅舅的臉，就會忍不住想發火？一定跟巴夫洛夫犬一樣，只要一聽到鈴聲，馬上就會聯想到要吃飯而流口水，小結也在不知不覺間，養成只要一看到夜叉丸舅舅的臉，就會聯想到大麻煩和大困擾，也因此養成發怒的習慣。

「舅舅……」小結壓抑著怒氣，用僵硬的語氣喊道，「舅舅為什麼會知道那種事？而且為什麼你要藉著抽屜，從我們住的房子飛到這裡來？托你的福，我們……」

「哎，等一下。」夜叉丸舅舅忙著陪笑道。「的確。那時候，就連我也多少慌了起來，這點我承認。但是，小結妳想一想，如果有一條很恐怖的大蛇，從後面不遠的地方逼近，不管是誰都沒辦法冷靜吧？我是不得已，才緊急逃生的。」

「緊急逃生?!然後呢?!你選擇的逃生地點，就是我和小匠的房間嗎？」

「嘿。這真讓我吃驚。妳們媽媽沒說過那五斗櫃的來歷嗎？那個五斗櫃的抽屜，說起來，就是異界與異界之間相連的避難通路啦。因為那個五斗櫃，是用非常古老的橡樹神木做成，所以成為連結山與山、林與林、木與木之間的避難通路的出入口。所以呢，我就從這座山的其中一棵橡樹，逃到五斗櫃裡的避難出口。

我本來想說就這樣回到山上去，但又有點擔心妳們……回到屋子之後，沒看到我可愛的外甥和外甥女，讓我嚇得要命咧。

所以，舅舅才特地跑來接妳們的。找到妳們讓我很開心喔。好了，回去吧。趕快回去。這座山很危險。」

正當舅舅要去牽小結的手時，小結大力甩開他的手，生氣地瞪著舅舅。

「我的朋友優花被吸到這座山裡來，變成石頭了！一定得把她回復原狀，再帶回去才行，我們不能在這裡就逃走！」

「小結。妳說那是什麼話！」夜叉丸舅舅突然憤怒起來。「妳自己和朋友，到底誰比較重要？現在不是管朋友的時候吧？」

小結、小匠和小萌驚訝得說不出話來。從很久很久之前，他們就覺得這個舅舅很靠不住，但沒想到他居然是這麼自私的人……不對，是狐狸。

「我才要說你那是什麼話呢。」小結感到厭煩地嘆口氣，「為什麼會說我和優花誰比較重要？優花會變成石頭，說到底，都是夜叉丸舅舅的錯啊。我們有責任要把優花回復原狀。」

「聽好，小結。」夜叉丸舅舅認真地凝視小結，「不要再強詞奪理，給我聽好。大蛇已經往這裡來。那傢伙打算把所有人都變成石頭。牠在山的東邊竹林裡蛻皮，變得比之前更大，而且正往這邊來。如果妳不想要變成石頭，一輩子都在這座山裡的話，就跟舅舅一起，馬上從這裡逃走！」

11 夜叉丸舅舅

——大蛇過來了。為了把所有人變成石頭而過來了。

夜叉丸舅舅所說的一句話，讓館中的氣氛再度緊張起來。

「你為什麼會知道這件事？」滿臉鬍子的工匠問。

夜叉丸舅舅回頭看了館的入口一眼，裝作講祕密般的壓低聲音。

「我到這裡的途中，看到石英的臉色不對勁，不知道要走到哪裡。」

「你說石英……舅舅，你也知道石英的事？」小結插嘴問。

「什麼知不知道，我和石英，還有在那裡的館主大人三個人，昨

晚還一起喝酒咧。」夜叉丸舅舅彷彿尋求認同般的往老人看去，但老人只是用不高興的眼神瞪了舅舅一眼。儘管如此，夜叉丸舅舅還是一點都不在意，一個人很開心的繼續說話。

「石英的樣子，實在有點詭異，所以我就悄悄地跟蹤在她後面。那傢伙經過橡樹，腳程很快地走到樹林裡面。過沒多久看到一片竹林，她查看周圍沒有人就走進去。我在不引起她注意的情況下，也跟進去了。然後啊。妳想那裡有什麼東西？」寬大帽沿下方的眼睛閃爍著光芒，舅舅裝模作樣地看了所有人一回。

「是蛻下來的蛇皮啊。很大的蛇皮！那個蛇皮……咳，順著竹林的竹子，從根部一直纏、纏、纏繞上去。從地面一直往上面疊！

哎呀，真讓我嚇一大跳。一開始，我還以為那是真的蛇，嚇得腿都軟了。不過，等我仔細一瞧，又透明又空洞的，原來是超大的蛇皮啊。那條大蛇，在把山裡的人都變成石頭之後，就到竹林裡去蛻皮了。石英撥開竹林，從蛇皮旁邊走過去。既然有蛻下來的皮，也代表蛇就在那附近。

我認為再繼續接近的話很危險，就躲在竹林暗處偷偷的觀察狀況。然後，我聽到女人的聲音從樹林裡傳出。

『你還在磨磨蹭蹭幹什麼，還有沒變成石頭的人喔。趕快去把所有人都變成石頭！只要看見你那紅色的眼睛，那些傢伙馬上就會變成石頭了。不要再蜷在那邊了，趕快到館主家去，把所有人都變成石頭！』」

夜叉丸舅舅在這裡歇口氣，看了大家一眼。

「然後，我就忙不迭地衝到這裡來。明白了吧？小結，蛇這種生物啊，在蛻了皮之後，身體暫時還是軟趴趴無法動作。可是，只要一會兒就可以動了。只要等到身體穩固變硬，牠一轉眼就可以到這裡來了。好了！逃走吧！在牠來之前，趕快去避難！」但此時眾人對夜叉丸舅舅的話充耳不聞。

「怎麼辦！大蛇要來了！」小結說。

「蛇要來了嗎？好可怕喔。」小萌說。

「可惡。石英那傢伙，是打算連我也變成石頭嗎？」老人說。

「要快點逃啊！待在這裡很不妙啊！」小匠說。

「說要逃，逃去哪？」泰德說。

大家吵吵嚷嚷地鬧成一團，使得館中大為混亂。

這時候，滿臉鬍子的工匠開口了。「到霧之谷去吧。」

不知為何，他的聲音有種讓人安心的力量。聽到他那平靜又穩重的聲音時，小結才第一次覺得這個人真的是館主。他的聲音充滿讓人尊敬的力量。彷彿在一片漆黑的心中，燃起一盞希望的明燈。

「大家都到霧之谷去。待在那裡的話，暫時可以躲過大蛇。躲到谷裡想想打敗那條大蛇的對策。」

正當小結要表示認同的時候，夜叉丸舅舅突然發瘋似地叫起來。

「打敗那條大蛇！別開玩笑了，放棄吧。根本不可能打倒牠的吧？」

「可以打得倒！」如此吼回去的，是小結。「我們就是為了轉達這個才來的！如果是館主的話，一定可以打倒那條大蛇。因為，橡樹是這麼說的。

『匠之手，握鋼時，掀災難。館主之手，握鋼時，滅災禍。傳館主：碎石者，鋼也。』橡樹還叫我們把這些話轉達給館主大人。所以，如果是真的館主大人，一定可以消滅牠！館主大人的手握住鋼的時候，就可以打碎石頭大蛇。一定有可以打敗大蛇的辦法。」

小結說完之後，夜叉丸舅舅很懷疑地看看矮小的老人。

「館主大人？這個老人嗎？妳說他握住鋼鐵，就可以打倒石頭大蛇？」

「那個人，不是真正的館主大人。」小匠趕緊向夜叉丸舅舅說明。「真正的館主大人啊……是這個長鬍子的叔叔喔。」

「唷嘿？」夜叉丸舅舅發出這個聲音，跳了起來。

「對啊。這個人是館主大人。」泰德看著滿臉鬍子的工匠，用認真的表情點頭說。「我就覺得奇怪。亞達爺爺明明說過，工匠是一個很怪的老人，但是這個人，一點也不老啊。所以這個人不是工匠，應該是館主大人。」

小萌抬頭看著滿臉鬍子的工匠。「叔叔，是山裡的國王嗎？」

滿臉鬍子的工匠……真正的館主沒有回答，他靜靜地看了所有的人，最後沉默的點點頭。宛如有了覺悟……

「好了，走吧。」館主如此說著。「已經沒時間了。在大蛇跑出來之前，要趕快到霧之谷去。」

這次，不只小結，泰德、小匠和小萌，就連老工匠，也對館主產生敬意。

只有夜叉丸舅舅一個人嘮嘮叨叨地抱怨著，小結他們催促著舅舅，往霧之谷出發。

「我覺得，這跟我沒有關係……」夜叉丸舅舅走進雜木林後，不甘不願地說。

「就算叫我一起走，我也起不了多大的作用。先說好，我最討厭蛇了。我可是一點都不想要去跟那條大蛇打。所以，還是讓我先走一步去避難比較……」

「舅舅！」小結邊在樹林中小步快走，邊瞪了夜叉丸舅舅一眼。「不管怎麼想，都跟舅舅有關吧？我們……我的朋友優花會被捲進來，一切的開端都是舅舅的錯啊！

而且，舅舅什麼時候變得這麼膽小啦？舅舅是冒險家吧？怕蛇還能當冒險家嗎？明明有個人到一個都是蛇的森林去，還帶了棘手的伴手禮到我們家來，那到底是誰啊？事到如今還說什麼怕蛇，我都聽膩了啦。」

「也不是害怕啦，只是討厭。」夜叉丸舅舅皺眉喪氣地說。「雖說是蛇，但這傢伙可是很巨大喔。再加上牠又不是普通的蛇，是石頭做的蛇欸。挑戰這種沒有勝算的對手，不是冒險家會做的事。笨蛋才會做。」

小結像是要把舅舅所說的話都吹走似的，用力地哼了一聲。「總之，你絕對不可以一個人逃走。如果舅舅不在，我們就沒辦法從這裡回家了。要是你偷跑，我就要告訴媽媽，你又會遭受剃光頭的處罰囉。」

夜叉丸舅舅回想起頭髮被剃掉的事，不自覺地壓住帽子，瞄了小結一眼，小結加快腳步走開。走在前面的小匠轉頭看向後面，走近小結身旁。

「姊。鬍子叔叔不知道有沒有想起來他就是館主大人的事？」小匠很擔心地偷看館主揹著小萌的寬大背影。「……如果他連自己是誰都不知道，妳認為他能對抗大蛇嗎？」

「除了讓他去對抗也沒別的辦法。因為，那個人才是館主大人。」

小匠用舌頭嘖了一聲。「說得真好聽。剛才明明還說那傢伙很可疑。」

「噓！」小結慌忙地瞪了小匠一眼。「不要多嘴，也不要做無謂的擔心。因為橡樹說，是館主大人就可以打敗大蛇，所以一定沒問題。現在也只能相信了。還有……也許會有什麼方法……」

「什麼方法？」

「就是讓鬍子叔叔真正恢復成館主大人的方法啊。」

「是怎麼樣的方法？」小匠趁勢追問，小結微微搖頭。

「我還不知道……不過，因為石英的關係，那個人以為自己是工匠對吧？石英如果能夠把他們二個人交換，那應該也有能夠還原的方法才對。就像你不知道為什麼能解開石英的封印一樣……要是能找到那個方法就好了……」

通往霧之谷的隧道入口，已經在眼前不遠處。從雜木林的地面冒出來的岩石下方，岩壁裂出一條黑黑的開口。小匠推開的石頭，還倒在入口前方的赤松樹根。

館主拉開一條掉在樹林裡的堅韌藤蔓，在決定了進入隧道的順序之後，讓大家排成一列。首先，帶頭的是工匠爺爺。第二個是小結、接著是泰德、小匠、夜叉丸舅舅。然後，揹著小萌的館主是最後一個。

在伸手不見五指的黑暗隧道裡面，為了不要走散或是跌倒，大家都抓著那根藤蔓排成一列走著。

「把頭低下來。因為有的地方比較低。要好好的抓住我喔。」館主對在他背上的小萌說。

「嗨唷，那要走囉！」老人發出聲音。他毫不介意地跨入深不見底的黑暗中，大概是因為另一邊的霧之谷對老人來說就像是故鄉一樣。

每個人都跟在工匠爺爺後面，魚貫進入隧道裡面。

黑暗蜂擁而上。漆黑的黑暗，轉眼間就包圍所有人的軀體，入口微弱的亮光，很快就照不進來了。

因為視野被黑暗所封閉，小結的「順風耳」變得更加敏銳。

風在黑暗中微微吹過的氣流，將各種氣息傳送到小結的耳邊。

以飛快輕盈步伐走在前面的是老人。小結身後的泰德步伐既小心又慎重。而泰德後面，邊探索地面邊前進的是小匠的腳步聲。也可以聽見從洞穴上滴下來的水，滴入地上的水窪後濺起來，還有夜叉丸舅舅小聲咕噥著發牢騷的聲音。最後面傳來的是館主的腳步聲，沉重且穩固，彷彿在保護他們似的，讓小結的膽子壯大起來。在館主寬大背上的小萌，呼吸很規律，說不定已經開始打瞌睡了。

在深深的黑暗中，大家都默默地往前走。不一會兒，在遙遠的前方看到一個小光點時，大家都不約而同地發出鬆了一口氣的聲音。

「出口就在眼前了。」走在前頭的工匠爺爺的聲音，聽起來有種興奮雀躍感。

雖然對於館裡的生活很嚮往，但果然還是很懷念霧之谷嗎？放鬆了不知何時緊繃起來的肩膀，這次他們朝向出口的光芒前進。慢慢的，光點在隧道之中擴大，照耀黑暗。

最後，工匠爺爺停下腳步。終於走出漫長的隧道，來到霧之谷的出口。但是小結看著出口外的景色，屏住氣息僵在原地。

一片白茫茫的霧，像一幅布幕覆蓋住洞口。

夜叉丸舅舅咻地吹了一聲口哨。「原來如此啊，這裡的確是，霧之谷哪。」

這是，白色的幽暗……小結在心中如此想著。

離開漆黑的黑暗，好不容易來到有光的地方，但是那裡，卻是一片什麼都看不見的白色幽暗。從一片漆黑的黑暗中，來到一片純白的幽暗裡……小結一行人，佇立在這二暗之間的夾縫中。

「好了，從這裡開始有個問題。」在大家身後，館主開口說。「這裡到谷底之間的險峻斷崖，對於不是山中居民的人來說很難走。」

小結和小匠變得不安了起來，不禁看看彼此的臉。館主首先詢問泰德和工匠爺爺。「泰德，你可以跟在這位老爺爺後面，一路爬到谷底去嗎？」

泰德用不服輸的眼神回望館主，篤定地點頭。「嗯，沒問題。不過是斷崖啦。」

館主對泰德點點頭，然後看著工匠爺爺，「老爺爺，請幫我們指路。若是你的話，應該在這霧中也不會走錯路！畢竟這裡是你所熟悉的地方。」

工匠爺爺簡短的笑了一聲，「哈，俺閉著眼睛也能走。」

接下來，館主的目光轉到頻頻注視白霧的夜叉丸舅舅身上。

「那麼，你怎麼樣呢？」

忽然被問到，夜叉丸舅舅嚇一跳地縮起脖子。「啊？什麼怎麼樣？」

「這斷崖還挺險峻的，你有自信能跟我們一起爬到下面去嗎？」

「斷崖？險峻？」舅舅愣愣地看著館主。然後，似乎好不容易才弄清楚問題的意思，他的臉上浮現驕傲自滿的笑容。

「你問我有沒有自信去爬險峻的斷崖？居然問我這種問題啊。我實在好想告訴你，我到目前為止，爬過多麼險峻的懸崖、跑過多麼陡峭的山坡、經歷過多麼危險的冒險。不是我自誇，像這樣的斷崖，對我來說，就像滑溜滑梯一樣簡單。」

「舅舅，自誇的話少說二句吧。」小結拉了拉夜叉丸舅舅的衣角提醒他。

「好，那麼，剩下的二人……」館主的眼睛，注視著小結和小匠。「我應該可以再想辦法揹一個人，爬這個斷崖。可是，三個人就沒辦法了……也就是說，必須要有一個人在這裡等，等到我從谷底回到這裡來。怎麼樣？可以在這裡稍等一下嗎？」看樣子，館主想把小結留在這裡。

小結很害怕地回頭看看隧道。看向那深處的黑暗，彷彿從那裡面隨時會有大蛇爬出來似的，讓她背脊發冷。

館主見小結忸忸怩怩的，忽然想起什麼似的，眼光又回到夜叉丸舅舅身上。

「你可以揹著這孩子爬到斷崖下面去嗎？」

「啊？我嗎？」夜叉丸舅舅吃了一驚，看著小結。「嗯——你要我揹小結？四隻腳的時候當然可以，不過要我用兩隻腳爬斷崖的話，那就有點……」

夜叉丸舅舅莫名其妙的回答讓館主摸不著頭緒，但他所說的話，讓一個好主意閃過小結的腦海中。

「對了！只要叫舅舅揹我就可以了！」小結很有把握的大叫。

「啊？我剛才不是說有點困難嗎？」

「不，沒問題。館主大人，完全沒問題，我就讓舅舅揹下去。請大家先行出發吧，我們馬上就會從後面追上去的。」

館主稍微深思了一會兒，隨後靜靜的點頭，對小結說：「我明白了。總之，我們就到谷底去吧。你們如果沒辦法爬下斷崖的話，就在這裡等著。要是你們沒有下來，我會再回到這裡。這樣可以嗎？」

「好的。」小結自信的回答，夜叉丸舅舅則一臉厭煩透了的表情看著小結。

館主把被他揹到睡著的小萌的身子橫放，彎下腰，把背轉向小匠。

「你也上來。要牢牢的抓緊喔。」小匠幾乎完全覆蓋在小萌的身上，抓緊了館主的背，用手牢牢地環住館主的脖子。

工匠爺爺往霧裡跨出一步，轉頭對泰德說：「聽好，你只能走在俺走過的地方。其他地方都不能走。這個斷崖的岩石很脆弱，要是不注意一點，馬上就會崩落。」

「嗯，我知道了。」

老人的身影被吸進白霧裡，接著，泰德的身子也不見了。揹著小萌和小匠的館主在霧裡失去蹤影之後，純白的世界裡，安靜得好像什麼都不存在似的。

踩著岩石的腳步聲逐漸遠去，小結很快地回頭看夜叉丸舅舅。

「那，我們也走吧，快點揹我。」

「喂……小結。」夜叉丸舅舅不耐煩地看著小結的臉，「妳沒聽到我說的嗎？我已經說沒辦法了。我以人的姿態爬斷崖還可以，如果還要揹妳，一定會掉下去的。」

「所以，兩隻腳不行的話，用四隻腳就可以了吧？」

「什麼意思？」夜叉丸舅舅偏頭、目不轉睛地看著小結。

「真是的！」小結焦躁地大叫，「你變回狐狸，再把我揹在背上不就可以了嗎？要爬斷崖，不用特地變成人類也行啊。」

「喂。」夜叉丸舅舅生氣地皺眉，「妳以為那種不像樣的事，我做得出來嗎？我怎麼可能在第一次見面的傢伙面前，露出狐狸尾巴來？」

「放心啦，不會被看到的。喏，在這樣的霧裡，不管是誰，都看不見舅舅的模樣。只有在爬斷崖的時候才變回狐狸，一到谷底，再變回人類就好啦。」

舅舅沉默不語，凝視著小結。「妳是從何時開始變成像這樣滿腦子鬼主意的？」

「才不是什麼鬼主意啦，是好點子。」小結提高嗓門說。

夜叉丸舅舅一直盯著小結的臉好一陣子，然後無奈的點頭。「好吧。就照妳所說的，變回狐狸，揹妳下去吧。畢竟是我可愛外甥女的請託嘛。」

「那，快點！趕快變成狐狸！」

舅舅嚴肅的乾咳一聲。「嗯哼。那，妳轉過去。就算是親戚，也不能看狐狸變身的樣子。當然，變回來的時候也一樣。」

「我知道了，我會好好閉上眼睛。趕快啦。」小結這麼說著，就把眼睛閉起來，轉向隧道的牆壁。小結也沒有使用「順風耳」。最後聽到舅舅的聲音。「可以了。」

小結回頭看，在她面前，出現一隻毛色漂亮的狐狸。

「啊啊！舅舅，好帥喔！這模樣看起來棒多了！」小結邊諂媚地說，邊撫摸夜叉丸舅舅美麗的尾巴。

「哼。」舅舅用鼻子哼氣，揮動他自豪的尾巴。

「好了，可以上來了。要好好抓住我的脖子喔，小心不要掉下去了。」

「謝謝。」小結立即跨上狐狸的背，坐在濃密又滑順的毛上，緊緊抱住狐狸的脖子。

「好了嗎？」舅舅回頭看了背上一眼，往純白的霧中走了二、三步。「既然變回這模樣，就不用那麼麻煩，還要搖搖晃晃地爬斷崖。

只要飛一下就可以到谷底。」

「舅、舅舅，你要飛到空中去嗎？」小結不安的問。

「正確的說法，不是飛到空中。我們可以飛到時空與時空之間，在異界與異界之間往來。妳媽媽回到故鄉去的時候，也是飛越時空，才回到狐狸山裡去的。唔，就像是一種瞬間移動吧。」

「雖然聽不太懂……真的沒問題嗎？」小結的問句，被吞沒在霧中。

夜叉丸舅舅踢了岩石一腳，飛躍進純白的幽暗裡面。

「呀！會掉下去啊！」小結尖叫著，用力抓住舅舅的脖子。

濃霧細緻的顆粒，從小結他們的身邊穿越過去。在一望無際的純白世界中，夜叉丸舅舅直直的往前俯衝。

12 交換的魔法

一轉眼，小結就抵達霧之谷的谷底。

細緻的濃霧顆粒打在臉上的感覺消失了，迅速下墜的身體也停住，張開因害怕而緊閉的雙眼一看，他們已經身在流經霧之谷谷底的河流旁邊。

一直到剛剛都讓視野呈現一片白色的霧散開了，小結大為驚訝。不，不是霧散開了。小結偷偷的往上面一看，在她的上方，霧如同在天花板無邊無際的往四面八方展開。就像是穿過霧，來到白色天花板

的下方來。

「喂。妳要在我背上待到什麼時候？」

夜叉丸舅舅開始抱怨，小結慌張的從舅舅的背上面下來。

那是一個充滿岩石的山谷。就連在寬廣又流速緩慢的河流裡面，也有奇形怪狀的岩石接二連三地冒出水面。腳下廣大的地面也都被岩石覆蓋，什麼植物都看不到。鉛灰色的河川，和冷灰色的岩石，還有籠罩在頭上的霧，描繪出一個沒有色彩的谷底世界。

「喂，臉轉過去。」夜叉丸舅舅對著小結說。「我現在要變身了。」

「好。」小結趕緊把頭轉向別處。

「不准偷看。也不准用『順風耳』。」舅舅謹慎的叮嚀。

「我知道啦。趕快變身呀，大家就快要下來了。」小結一邊看向河流的對岸，一邊等舅舅變身完畢。河的對岸依然被濃霧所吞沒。

「已經可以了。」聽到舅舅的聲音，小結回過頭去，出現眼前的是她所熟悉的，戴著寬大帽子的夜叉丸舅舅站在那裡。

剛好在這時候，霧的天花板好像在晃動，沿著斷崖的路徑走下來的一行人，陸續出現在小結他們的面前。

「真叫人吃驚哪！」工匠爺爺最先到達谷底，「你們到底是從哪裡來到谷底的？除了咱們走的路之外，根本就沒有其他可以下來的路啊……」

夜叉丸舅舅對小結使了一個眼色，帽子下的臉堆滿了笑容。「所以我說過了嘛。對我來說，這種斷崖，比從溜滑梯溜下來還容易。」

「好壯觀。都是岩石……」來到谷底的泰德，張大眼睛看著四周。

從館主背上滑下來的小匠，走到小結的旁邊來。「小萌在睡覺喔。在館主大人的背上沉沉地睡著了。」

「在哪、在哪？要舅舅抱抱嗎？」夜叉丸舅舅從館主背上把小萌抱下來。

終於所有人都到達谷底，此時，工匠爺爺和館主同時開口說：

「到我家去吧。」

他們異口同聲說出相同的話。二人所說的「我家」，八成就是位在這谷底的工匠之家吧。

果然，館主大人根本沒有恢復記憶。**他還沒回復過來，自己不是工匠，而是館主**。小結如此想著，心情開始變得不安。

「……等等，等一下。」二人回頭，小結開口說。「剛才，老爺爺說在祭典前一天晚上，館主大人被叫到這個谷裡來，然後石英就把館主大人和工匠交換了……也就是說，館主大人到這谷裡來，認為自己就是工匠，是嗎？」

「石英用什麼方法，讓館主大人對此深信不疑呢？那時候，石英對館主大人做了什麼?只要知道那個方法……」小結看了館主一眼。

「也許就可以恢復原狀。也許就可以把遺忘的真相完整的取回來了,對吧?」

館主停頓不語,大家以充滿期待的眼神轉向工匠爺爺,在大家的注視之下,老人不禁縮了縮脖子。「那個,俺也不知道呀。」

小結很失望,嘆了一口好大的氣。小匠則不滿的開口說:「怎麼可能?石英在做的時候,老爺爺怎麼可能沒看到?」

「是真的,俺沒看見。石英把館主帶到河邊的岩石平台那裡去。俺坐在岸邊的篝火旁邊,沒法子看清他們二個在幹嘛。咱們一開始,是圍著俺家前面的篝火喝酒。石英偷偷在館主的酒裡面,放了忘卻草的果實汁液。」

「忘卻草?」小結好奇地問。

「忘卻草,是生長在上游河畔的一種雜草,喝下那種草的果實汁液，並不會把所有事情都忘記。只會加快酒醉的速度，讓頭腦放空，心情也會變好。石英說是想讓館主大人喝醉放鬆一下，再一起玩猜謎遊戲。」

「喝醉的館主大人，跟往常一樣發牢騷。說住在這個谷裡很快樂，當館主既不自由又很無聊之類的。然後啊，石英就說了：『是我的話，只要一根棒子，就可以把你和工匠交換了……』她這麼說著，默默地笑起來。

館主大人問石英什麼事那麼好笑。接著石英說：『那麼，我們就來玩一個猜謎遊戲吧。你是山上的王，這是工匠。要怎麼做，才能用一根棒子，把你們二個交換過來呢？』」

眾人一言不發，似乎都在思考石英說出的謎題。

就在此時，充斥著各方思緒的小結耳中，好像聽見某種聲音。

喀隆、喀隆。有一個巨大的物體，在山上的雜木林裡移動。

小結忽然抬頭看著頭上的霧狀天花板，同時小匠正詢問老人。

「然後呢，那個謎語的解答是什麼？」

「噓！」小結打斷小匠的問題。「安靜一點！那傢伙靠近了！大蛇從樹林裡爬過來了！」

「咦！」小匠吃了一驚，抬頭看頭頂上的霧。

「快逃！」夜叉丸舅舅一邊著急的四下張望一邊大叫。

「快逃，要逃去哪裡？而且，妳怎麼會知道那傢伙來了？俺可是啥都沒聽見呀。」工匠爺爺懊惱地搔著頭。

「安靜！拜託！大家都別說話！」小結又豎起了順風耳。

山谷間十分安靜，從厚霧狀天花板的另一端傳來的聲音，小結聽得一清二楚。

那傢伙拖著沉重的身體，在潮溼的樹林地上前進。將身體如波浪一般彎曲起來時，那傢伙光滑鱗片下面的乾枯落葉就會沙沙的被壓

12 交換的魔法

碎，細小的樹枝也啪嚓、啪嚓地彈飛出去。

簌簌、簌簌……嗦隆、嗦隆、嗦隆……聲音漸漸逼近。幾乎已經到山谷出口正上方來了！

噗通、噗通……小結的心跳聲也隨著蛇聲跳動的更厲害。她屏住呼吸，更加專注不動地使用順風耳的能力。

那傢伙要下來嗎？牠已經發現到，我們就在這懸崖下面了嗎？

傳入小結耳中的那些聲音，緩緩地通過山谷上方，穿越林間，看樣子，好像正往更高處爬。

那傢伙八成正往館主大人的家裡去。牠以為我們在那邊……

胸口的悸動還無法平靜下來。不過，隨著摩擦地面的沉重聲音逐漸遠去，小結也鬆了一口氣，垂下肩膀。

「……牠走掉了。我想，牠大概到館主大人家去了……」

連大氣都不敢喘一聲的大夥，安心地鬆了口氣。

「妳為啥會知道那些事？俺啥都沒聽見呀。」工匠爺爺還是一臉想不透的樣子，一直盯著小結看。

「這孩子的耳朵，是很特別的喔。」夜叉丸舅舅從旁邊插嘴道。「是很可怕的地獄耳朵，什麼都聽得見，很讓人困擾哪。」

館主以平靜的眼神看著小結，不過他並沒有發問的打算。「牠到館裡去，發現我們不在那裡之後，就會在山裡到處找我們吧。然後，最後，一定會到這裡來……」館主所說的話，沉甸甸的重壓在所有人的心頭上。

「逃走吧。總之，逃走比較好。」夜叉丸舅舅又說一樣的話。

「可是，要逃到哪裡？大蛇在山上爬來爬去，我們更不能慌亂地跑吧？」

「剛才的答案，是什麼？」泰德忽然問道。

「我也想知道。」小匠也點頭，「只要知道那個答案，也許就可以讓館主大人恢復過來……」

「到底誰是館主，我認為沒那麼重要吧。」夜叉丸舅舅又嘮嘮叨叨的說。「不管怎麼樣，那傢伙可是隻很巨大，又很恐怖的邪惡大蛇，這點是不會錯的。與其策劃打敗牠的方法，還不如趕快找個逃走的方法……」

小結以嚴厲的口吻打斷他的話，「舅舅可以稍微安靜一下嗎？現在我們正在談重要的事。老爺爺，你知道石英問的那個謎語的答案嗎？」

「俺不知道。」這次工匠爺爺簡潔有力的回答，也讓大家的期望落空。「俺不是說過了嗎？出謎題的石英，把館主大人帶到岩石平台上面去。說要告訴館主大人推測答案的線索……之類的，她很會講話哪。館主大人跟石英一起在黑暗的河邊走著，他們二人，到河邊轉角那塊突出來的平坦岩石上，講了好一陣子的悄悄話，俺根本完全聽不見。很遺憾，俺沒有像妳一樣的地獄耳朵。」工匠爺爺似乎挖苦地說道。

小結著急地問：「然後呢？然後怎麼了？」

工匠爺爺厭煩地嘆了一口氣。「他們回到篝火旁邊的時候，石英的臉上，該怎麼說呢，有一種奇妙的笑容。好像贏了什麼似的，很得意……俺嚇了一跳，張大眼睛看著她的臉，然後石英突然對我說：『好了，館主大人。差不多該是回館的時間了。』

俺愣住了，心想這個女的是在說啥啊。然後，石英伸出冰冷的手，抓住俺的手臂。『好了，請站起來。館主大人。跟工匠話別，回到館裡去吧。』

俺被石英拉起來之後，困惑地看了恍惚站著的館主大人。他直挺挺地站在篝火旁邊，沉默地看著石英和俺。石英直接拉著俺往斷崖走去。就算俺說『喂，等等』或是問她『妳幹了啥呀』，她也只是笑而已，啥都沒回答。

在到轉角之前，俺最後一次回頭去看，館主大人還是站在篝火旁邊，呆愣地看著燃燒的火焰。簡直就像是魂給抽走了似的……就這樣。」

「所以，石英到底是怎麼下法術的，俺不知道。因為俺啥也沒看到……」

「可是……你知不知道什麼線索之類的？石英有帶什麼嗎？例如說，像是棒子啦……手杖之類的東西……」小結拚命地問。

可是，工匠爺爺說石英什麼也沒有帶。

「到那個岩石平台上面去看看嘛。」小匠這麼說。「到那裡去的話，搞不好會知道什麼喔。而且，館主大人到相同的地方去的話，也許會想起些什麼事來……」

於是一行人開始往河邊移動。他們從布滿岩石的岸邊順著河流往上游走。不久，來到河流的一處大彎道，有一塊岩石突出在奔騰的河面上。純白色的巨大岩石在轉角冒出頭來。

然後，在離岸邊稍遠的斷崖下方的岩石上，一幢小小的屋子獨自矗立著。

那個小棚子與其說是屋子，不如說像是動物的巢穴。木頭搭建的骨架上，只覆蓋了稻草和小樹枝，是一間很粗糙的房子。

「喏，就是那個白色的石頭。」工匠爺爺指了指河邊的岩石平台。「那是俺雕刻出石英的那個石頭的一部分。暴風雨那天，上游的岩石被打碎，有一半流下來，就卡在這個岸邊不動了。」說了這些之後，老人很快地開始朝著斷崖下的小屋前進。好久沒回家了，大概覺得格外懷念吧。

「那個，就是老爺爺的家嗎？」泰德覺得非常稀奇，跟在老人後面走過去。

抱著小萌的夜叉丸舅舅皺眉，看著那間隨時會倒塌的工匠之家。

「喂喂，這樣的屋子，連雨都擋不了吧。如果大蛇來了的話，我們到底要逃到哪裡才好……」

館主離開大家旁邊，走到河邊去。他好像在尋找什麼似的，一直盯著腳邊看，慢慢的往岩石走去。

館主爬到岩石平台上面，凝視著腳下流動的河水。從岸邊突出的岩石下方，是流動緩和的積水區，從上游漂下來的枯枝和落葉，在那裡聚積成堆。

石英的謎題的解答線索究竟在不在這裡，小結十分留心的在岩石平台上四處查看。

小匠蹲在岩石平台的尖端，把手伸向下方的積水區。他撿起一根枯枝，攪動著在積水區裡的雜物。清澈的水，一邊搖晃著河底的黑暗，一邊緩緩地流走。受到小結的倒影驚嚇，水中的魚群咻的躲進岩石的陰影之中。

河裡很寧靜。岩石平台既堅硬又平坦，水緩緩的流過去，到處都沒看到像是線索的事物。

小結很失望地瞄了館主一眼。站在這裡，能讓館主想起什麼來嗎？

館主的視線離開水面，轉而盯著腳邊的岩石看。

他的眼神是那麼的認真，讓小結吃驚。粗眉毛下方的眼睛閃爍著光芒。簡直就像是捕捉到了什麼一樣……簡直就像是，正要追著什麼重要的東西似的……

小結慢慢的轉移視線，追蹤館主目光所及之處。

小匠把從河裡撿來的枯枝，放在平坦的岩石上排好。他左手握著好幾根從積水區撿起來的樹枝，再把那些樹枝一一地排在岩石上面。

「小匠？你在做什麼？」小結凝視著小匠的臉。

小匠沒有回答，只是將樹枝一根根排列在岩石平台上面。樹枝共有七根。現在，小匠終於把七根樹枝全部都在岩石上面排放好了。

「我看到了……」小匠這麼說。

「啊？看到什麼？」小結吃驚的問。

「喏，就是這個啊。都以時光眼的方式呈現了。祭典前一天晚上，石英就在這裡，在跟我相同的位置上。她從這條河裡面，撿起枯枝，在館主大人面前排給他看。」

小結終於瞭解小匠在說什麼。她的視線再度回到排列在岩石上的枯枝。

七根枯枝，在平坦的岩石上排列成二個文字。左邊是「工」。右邊是「王」。

「啊……」小結小聲的叫出來。謎題的解答忽然閃過她的眼前，她不禁把手伸向排列好的枯枝。

「不行！」小匠制止了小結。她嚇一跳地把手縮回來，小匠對她說，「不行啦，姊姊不能碰……這個謎題的解答，一定要讓館主大人自己找到才行。」

「那天晚上，石英特地出了一個謎題給館主大人。她用枯樹枝，在眼前排出這二個文字，要館主大人自己解開這個謎題。發覺了答案之後，館主大人把枯枝拿起來……那就是石英的陷阱。

館主大人在那天晚上，自己親手把自己跟工匠交換了。這個地方一定是個很特別的場所。因為，這個岩石原本就是石英誕生的岩石的一部分。

所以，這次也一樣，只要在同樣的地方，解開和那晚一樣的謎題的話，也許就可以消除石英所施的法術。來吧，叔叔。」小匠站起來，凝視著館主的眼睛。

「叔叔來試看看嘛。這個謎題，一定要館主大人親自解開才

行。」

館主看著小匠的臉，然後，小結和小匠往後退一步，把地方空出來給館主。

館主靜靜的彎下腰，在二個文字前面單膝跪下。

小結和小匠屏住氣息看著面前的館主，館主拿起一根枯枝。是右邊的「王」字正中央那一根橫枝。他把那根枯枝，放到「工」字的中間之後，「工」就變成「王」了。

館主手中的枯枝恰好放在「工」字中間的時候，谷底的空氣搖晃起來，白霧形成的天花板簌簌的晃動著。

「我想起來了。」站在吹來的風中，館主喃喃說著。

他的臉上，漾著明朗的笑容，粗眉毛下方的眼睛閃耀著光芒，藏在鬍子裡的嘴巴高興的綻開。

館主站起來的時候，小結覺得他的身影好像變得比之前更大了。

他挺起胸膛，暢快的笑著，這副模樣，正是滿溢著自信的山中之王模樣。

館主用愉快的聲音，對小結和小匠說：「王變成工，工變成王。這樣一來，一切都恢復原狀了。我回來了。在這身體裡的，不是工匠。真正的我回來了。」

13 鋼與大蛇

像是要將館主圍住似，小結她們在岩石平台上面，圍成圈圈坐下來。就連跑去參觀工匠之家的泰德，也加入這個圈圈裡。

夜叉丸舅舅盤腿坐著，好不容易醒過來的小萌在他的膝蓋上面，一邊打呵欠一邊揉眼睛。「好想吃**棉花糖**喔……快點回家去啦……」帶著半睡迷糊的聲音，小萌自言自語著。

小結和小匠正在對大家說明，石英出的謎題解開了。當他們說話時，夜叉丸舅舅動來動去靜不下來，在小結的話告一個段落時，他好

像等很久似地開口。

「這真是可喜可賀的事啊。館主大人回復原樣的話，我們就回去了吧。接下來要怎麼打敗大蛇，就交給館主大人了。」

「我說過了！在沒把優花變回來，帶著她回去之前，不能回去！」

「喂，小結。妳好像認為，只要打敗那條大蛇，變成石頭的人們就可以變回來了，但這點可沒人能擔保。

本來嘛，若是館主大人就可以打敗大蛇……妳們怎麼可以說得這麼輕鬆，那個可以打碎石頭的鋼什麼的，到底在哪裡呢？如果有那麼厲害的武器，我還真想瞧瞧。」

「鋼的話，這裡有。」館主開口說。

大家驚訝地看著館主，他笑著拍了拍掛在腰際的痲袋。

「在這袋子裡，裝了可以削掉石頭的鑿子。今天，我本來是打算拿來敲碎霧之谷隧道出口的石頭才帶的。我想，金色橡樹果之樹所說的鋼鐵，指的就是這個可以削石的鑿子吧。

匠之手，握鋼時，掀災難……那棵樹是這麼說的，所以不會錯。老爺爺，你就是用這個鑿子，雕刻出那條大蛇的吧？」

「啊啊，是啊。俺不管什麼時候，都是用一把鑿子雕石頭的。山頂的大蛇，還有石英，都是俺用那把鑿子雕刻出來的唷。可是啊，俺還是沒法子相信……」老人搔著頭思考。

「那個石英，能爬到那麼陡峭的懸崖上頭去，把大蛇的眼睛給裝上，這怎麼說都是不可能的呀。再怎麼說，那女人都是石頭做的女人。那麼重的身體，可能爬到連路都沒有的懸崖上面去嗎？

就連俺啊，現在這時候，都沒法子爬那懸崖了。俺爬懸崖的時候，比現在還要年輕得多，也很有體力，可以像頭鹿一樣在山裡輕鬆的到處跑。

不……不可能是石英把大蛇的眼睛給裝上去的。那條大蛇，不可能動起來的。」

「可是，真的有大蛇存在啊！」泰德用力的說。

小結也從旁邊嗯嗯的附和著。「就是啊，那傢伙真的動起來了，我也有聽到。」

「那，俺問妳，為什麼大蛇都沒有過來呢？」

「如果就跟妳說的一樣，那傢伙經過這山谷的上面，直接往館那裡去的話，應該馬上就會知道，那館裡面已經人去樓空了才對。然後，如果，石英跟著大蛇在一起的話，石英不可能沒有察覺到咱們躲到哪裡去了。」

小結感到不安。的確，太安靜了。從剛才大蛇近距離通過之後，已經過了一段時間了，山上現在也是一片安靜。

「姊姊，大蛇現在在哪裡？」小匠詢問施展「順風耳」的小結。

「不知道。一點氣息也沒有。我想，大概因為牠不是生物，而是石頭做成的大蛇的緣故，如果牠靜靜地待著不動，氣息就會消失。」

可是，有點奇怪。小結總覺得好像忘記問什麼重要的事情。到底是什麼呢？

「憑一支小小的鑿子，怎麼可能打敗那條巨大的大蛇。說什麼打倒大蛇嘛。說什麼能碎石的鋼鐵嘛。要是用鑿子這種東西對著那傢伙，當場就會完蛋了。看是在瞬間變成石頭，還是啪的一下就被尾巴打飛，再不然就咕嘟一聲被牠吞下肚。」夜叉丸舅舅一個人絮絮叨叨的發著牢騷。

「唔，這可不一定喔。」令人意外的，開口說話的人是工匠爺爺。大家一起看向他，老人不舒坦的抓著背。「很簡單。只要把那傢伙的眼珠給挖出來就好了。帶給那傢伙生命的，是那個紅色的眼珠子。只要把眼珠子給挖出來，俺想，那傢伙就會恢復成一條石頭的大蛇。」

「可是……」小匠呑了口口水。「牠的眼珠子沒那麼好挖啊。大蛇不可能會乖乖的讓人把牠的眼珠給挖出來吧？」

工匠爺爺回想著，「那傢伙原本也只是在山頂上，一個叫蛇岩的大石頭而已。是俺把那個長得像蛇的石頭削掉，雕刻出大蛇的模樣，不過在俺雕刻牠頭的時候，發生一個小意外。石頭上，出現了一個小小的裂縫。那個石頭的裂縫，就正好橫跨在大蛇的二個眼睛的凹洞中間。所以，俺在雕刻那二個要放眼珠的凹洞時，為了不讓那裂縫變大，做得十分小心。

只要把鑿子插在那條裂縫上，讓裂縫變大，那傢伙的頭就會毀了。這樣一來，二個紅色的眼珠子也會掉下來了。」

「太棒了！」泰德叫著說。

「眼睛與眼睛中間，是那條大蛇的弱點啊！」小結也興奮的說。

夜叉丸舅舅從旁邊插嘴說：「不過啊，如果跟那條大蛇的眼睛對上了的話，凡是看到的人都會變成石頭的喔。要怎麼做，才能不看大蛇的眼睛，把鑿子插進大蛇的眼睛與眼睛之間呢……要是有辦法，我還真想知道。」

大家又再次陷入沉默。

「危險……」小萌茫然的喃喃說。「橡樹說，危險……」

在夜叉丸舅舅盤坐著的雙腿之間，小萌低著頭，看著自己的右手。小小的右手，不斷的張開又握起來，她一直盯著自己的手看。在她的手中，有一個閃閃發光的東西……是金色的橡樹果！

「小萌！那個橡樹果哪裡來的？」小結慌張的把身子轉向小萌。

小萌呆呆的抬頭看著小結。「嗯？剛才撿到的唷。我把它放到口袋裡去了。」

對了。小萌在那片雜木林的橡樹下面，撿了金色的橡樹果。

小結的心中，開始噗通、噗通的騷動起來。

「妳說危險？那個橡樹果是這麼說的嗎？那是那棵橡樹說的話吧？」

「不知道……不過，跟在樹林裡聽到的聲音一樣。它說有危險喔，還說災難靠近了……」

小匠坐立不安的站起來，抬頭看著斷崖下來的出口。「欸……姊姊，有東西過來嗎？」

「喂……給我等一下……」夜叉丸舅舅很驚訝地看著他膝上的小萌。「這是怎麼回事？金色橡樹果說的話？小萌聽得到它說的話？難道說，這孩子擁有『魂寄口』嗎？小萌應該是遺傳到爸爸的么子才對。怎麼回事？這孩子也傳承我們一族的能力嗎？」

「安靜！大家先不要說話！」小結專注地施展「順風耳」。她胸口噗通、噗通的心跳，擾亂了風的聲音。岩石平台上的所有人都噤聲之後，山谷重返寧靜，小結的「順風耳」也才開始聽得見從霧天花板的另一頭傳來的各種聲音。

小結在這些聲音之中，拚命地尋找那個令人不舒服的聲音。她豎起耳朵，想分辨出那個又粗又重的身體在地面上摩擦時，所發出讓人毛骨悚然的聲音。

可是，山上很安靜。不管她怎麼聽，就連大蛇發出的一絲絲聲音都聽不到。

不要緊……大蛇沒有動。小結如此說給自己聽。

山上明明這麼安靜，山谷明明這麼沉默，但就是哪裡怪怪的。傳到「順風耳」來的，是雜木林樹梢的沙沙聲，谷底流動的河水聲……

小結突然抬起頭。「來了！」

小結簡短的大叫，宛如大夢初醒般的看了看所有人。

「不好了！那傢伙順著河下來了！河的聲音從剛才就不太對勁，

因為我一直以為，那傢伙會先爬過地面，從斷崖上面下來，然後才到谷底！

可是，那傢伙是從這條河的上游過來的！有個巨大的東西，從河的上游過來了！」

大家都一起站起來。岩石平台上開始變得恐慌。

「逃到斷崖上面去！」館主強而有力的聲音提醒大家。「快點。要在那傢伙到這裡之前，盡可能的往高處爬！那傢伙沒辦法爬上陡峭的斷崖，畢竟牠是很重的石頭大蛇。聽好了，不要回頭看！要是看到大蛇的眼睛，一切就完了！」

泰德咻的一下子就從岩石平台上面跑下來。「走吧！」

「夜叉丸舅舅、小結姊姊，快點！」小匠緊接著跑出去。揹起小萌的夜叉丸舅舅，也馬上往斷崖跑過去。在他之後，接著是小結、館主和工匠爺爺。

大家都拚命的沿著岩石地面，往斷崖的山口跑過去。

噗通，令人害怕的水聲在河面上響起。

來了！那傢伙來了！

河水變得暴亂。有個巨大的東西，在水裡屈起身子。

走在前頭的泰德，沿著河流的彎道，轉彎往斷崖邊緣的方向跑過去。小匠和夜叉丸舅舅跟他在後面，小結和館主也幾乎同時跑過河流的彎道。

斷崖的攀登口就在眼前。只差一點點而已！

這時，一陣很大的水聲震撼了山谷。簡直就像是突然有一個巨大的噴泉從某個地方噴發出來一樣。

來了！壓抑住想回頭看的心情，小結在心中大叫著。

谷底河流的鉛灰色水面被分開，那傢伙從水中抬起鐮刀般的頭子。

泰德已經抵達攀登口了。往身後瞄了一眼之後，泰德很快地開始攀登陡峭的斷崖。小匠則是在斷崖前面猶豫著。

夜叉丸舅舅從小匠的身旁擠過去，揹著小萌就開始爬。

「沒問題嗎？」一邊跑，館主一邊問小結。「雖然爬上去比下來要容易，妳有辦法自己爬嗎？」

沒問題嗎？就算這樣問也於事無補。夜叉丸舅舅老早就跑走了。除了自己爬上去之外，似乎也沒其他方法了。

「沒問題。」喘著氣，小結回答說。她回答的時候，心臟幾乎快要受不了了。

館主抬高在斷崖前面的小匠。館主讓路來給剛到達的小結，點點頭說：「妳先爬上去。我會在後面撐住妳。」

小結毅然決然的把腳放到凹凸不平的岩石上，開始朝著白色天花板往上爬。

突然間，山震動了，尖銳的聲音在四周回響。

是石英！石英在笑！

小結覺得心臟彷彿被狠狠抓住一樣，在斷崖上面縮成一團。

「快走，不要被分心了。」館主的大手，推著小結的肩膀。

小結抬起僵硬的腳，開始繼續攀爬斷崖的時候，她聽到一個嘶啞的聲音。

「石英！俺可是有恩於妳啊！」是工匠爺爺怒吼的聲音。小結終於忍不住回頭看。

「不要回頭！往前看！」館主提高聲音說。

幸好，小結沒有看到大蛇。因為沿著河流彎道突出的斷崖遮住了視野，只有掀起波濤與漩渦的河面，告訴她危險已迫在眉睫。

工匠站在斷崖的轉角處。他張開雙腳穩住下盤，聳起肩膀，面對著河站著，小結清楚地看見那小小的身影。

「姊姊！快點爬上去！不可以往後面看喔！」

館主揹在背上的小匠催促著小結，她又往上爬了一小段。已經快要能伸手碰到霧的天花板了。

「老爺爺！快點過來！」館主也邊叫邊往上爬。

「石英！妳想把我這個恩人，也變成石頭嗎？」老人怒吼的聲音迴盪在山谷中。

「喂！小結！小匠！還好嗎！」純白的霧中，夜叉丸舅舅叫著問道。小結把手放在岩石上，繼續將身體往上面拉。

「我是磐座神的使者！工匠之流，無恩於我！」石英這麼說。聽得到掀起浪濤的水聲。

「只差一點了。快點進入霧裡！」

館主在小結後面低聲說。

眼看著就要進入霧裡，小結聽到了石英的笑聲。「看到大蛇紅色的眼睛了嗎！你也變成磐座的一部分吧！」

潮溼的霧氣顆粒撫摸著臉頰。風捲起漩渦，吹動白色的天花板。只差一步，就可以進入那個天花板裡了。跨出最後一步時，小結又回頭看了谷底。

「不要看！」

是館主的聲音。小結把小小的驚呼吞回肚子裡。工匠站在斷崖轉角上，但是，他的背影，已經不會動了。站在廣大的灰色岩石地上的工匠，已經變成石頭。

小結緊緊的閉上眼睛，不顧一切的往上攀爬斷崖。

輕柔的白霧，將小結包覆起來。

14 久遠之約

就算將閉上的眼睛張開，周圍也都是一片白色，什麼也看不見。

「把手伸向左邊。那邊有一塊突出的大石頭，妳抓住那個石頭，慢慢的往上爬。」

小結的耳邊雖然聽得到館主的聲音，但原本應該就在她身後的館主陷在霧裡，模糊得只像是個影子。

「慢慢的……小心的……貼著斷崖前進。路是往左邊延伸的，如果身體離開斷崖，就會踩空喔。」

風沿著陡峭斷崖上的岩石表面徐徐吹來，包圍著小結。宛如被風的氣流引導著，小結不斷的往上前進。

沙沙……就在此時，有個強烈的聲音從谷底的方向傳上來。

沙沙、嘎啦、嘎啦……

「爬、爬上來了……」小結顫抖地小聲的說，「大蛇離開水面了，要往這塊岩石過來了。」

沙沙、嘎啦、嘎啦……

沙沙、嘎啦、嘎啦……

大蛇粗大的腹部，在岩石上摩擦。

「不要說話。安靜的爬。只要再爬一下子，就會到隧道的入口了。爬到那裡的話……」館主的話還沒有說完，就聽到石英的聲音。

「我知道你們在哪裡喔！再等一下，現在大蛇正在過去的途中呢。」

出乎意料的，她的聲音，聽起來像是就在小結和館主的腳邊。**她在大蛇的頭上！石英在大蛇那個鐮刀形狀的頭上面！**

館主的大手碰觸小結發抖的肩膀。他輕輕地推了小結的背，小結咬緊牙關，再往前跨出一步。要是發出聲音，要是腳一不小心踩空了，就會被石英發現，小結這麼一想，背上不停地冒出冷汗。

沙沙、沙沙、沙沙……令人不舒服的聲音，大蛇終於來到正下方。

小結一步步地踩著，一點一點的攀登斷崖。她屏住呼吸，把神經繃得像針尖那麼細，只依靠風的氣流和館主的氣息……

石英的聲音，從白色布幕不遠的另一端傳來。「大蛇紅色的眼睛，會把你們都找出來唷。」大蛇把頭伸進霧裡。牠揚起的頭攪動著霧氣，尋找小結她們的蹤跡。

石英就在那裡！

隔著潮溼的白霧，小結可以感覺到，大蛇的雙眼正盯著這裡看。輕輕的，緩緩的……小結身邊的霧在搖晃。

一想到不知到什麼時候，大蛇的紅色眼睛就會突破白色布幕出現眼前，小結就好想放聲大哭。她咬住嘴唇，屏住呼吸，緊緊地貼著斷崖，牢牢地閉著眼睛。

趕快打倒大蛇，早點回家去吧……

小結努力的把滿滿的恐懼感，從緊繃的胸中推出去。

回家之後，我要吃拉麵，還要繼續看漫畫！今天不寫作業了。在跟大蛇打過之後，根本沒辦法做什麼漢字練習嘛。

堅硬的岩石，在小結緊抓著的手中破裂成碎片，使得她幾乎要叫了起來。手抓得太用力了。如果那個岩石碎片掉到谷底，發出聲音的話該怎麼辦，一想到這裡她不禁打了一個寒顫。

「在哪裡？你們在哪裡？」石英的聲音讓人背脊發涼。

小結的腦中忽然出現一個好點子。她盡量不發出聲音，也不攪亂白霧，靜靜的、生硬的舉起握住岩石碎片的右手。

眼前的白霧沙沙晃動，在霧的另一頭，可以看見微微的黑影。

石英來了！

小結突然將手中的岩石碎片，盡可能丟得遠遠的。

叩咚、喀答、喀答、喀答……

小結所丟出去的碎片，在霧的另一頭發出聲響掉下谷底。

「找到了！在那裡！」石英大叫著。

霧搖晃著，當迫近在身後的影子忽然不見時，小結的腳哆哆嗦嗦地顫抖著，腦海裡一片空白。

這時候，館主的手再次推推小結的肩膀。「趁現在。」小結趕緊往霧中前進。

沙沙、沙沙、沙沙……

追逐著小結丟出去的小石子所發出的聲音，大蛇在斷崖邊上打轉。

就是現在！就是現在！

小結一邊在心中宛如念咒似的對自己說著，一邊僵硬地爬著斷崖。

突然，前方的霧散開了，大大的手伸向小結的眼前。

「快點！」夜叉丸舅舅壓低聲音對小結叫著。小結緊緊地抓著夜叉丸舅舅的手，接著一口氣被拉到隧道入口前面的路上。

小結連滾帶爬地飛奔到黑暗洞窟裡，軟弱無力的蹲了下來。之前來的時候，隧道裡的黑暗是那麼的讓人害怕，但現在卻像被一張柔軟的斗篷包圍般使人舒暢。從霧裡走出來的館主，把小匠的身子放到地面上，而小結只是怔怔地看著他們。

大家都在隧道裡，沒有人說話，只是盯著彼此的臉看。緊繃的心情一下子放鬆，一時之間提不起勁說話。

「大蛇應該爬不到這上面來吧……」館主回頭看著聚集在隧道入口處的霧，喃喃地說。

泰德一直盯著之後上來的三人看，然後問說。「工匠爺爺呢？」

小結和小匠面面相覷，不知所措地抬頭看著館主。

館主沉默地凝視著泰德。看到館主靜靜的搖頭，泰德聽到自己的喉嚨發出聲音。

就在館主把手放在泰德的肩膀上的時候，地面忽然震動，隧道開始搖晃。

喀啦、喀啦，洞窟的天花板發出哀嚎般的聲響。

咚——有聲音從谷底傳來，隧道再度搖晃。所有人都慌張、東倒西歪地扶住洞窟的牆。

「大蛇好像要把斷崖撞毀！」館主大叫著。

彷彿在回應館主的話似的，岩石崩落的聲音從谷底傳來。

「他們想把岩石撞碎，再爬上來！」

「真是糾纏不休的傢伙。放棄不就好了嘛！」夜叉丸舅舅嘖了一聲，把小萌抓好。

「快逃！朝著隧道的出口跑！」館主大喊。

「瞭解！」最先回答的是夜叉丸舅舅。在搖晃而不穩的隧道裡面，舅舅揹著小萌，牽起小匠的手，著急說，「小結，不要發呆！要好好跟上來！快點逃啊！」

這時候的小結站在隧道入口，看著館主的背影。館主一直盯著霧的另一頭看，在他的右手上，不知何時已經緊緊握著那把從工具袋裡拿出來的鑿子。

館主大人打算在這裡和大蛇決一死戰……

「館主大人，快點！快逃啊！大蛇要來了！」泰德拚命地大叫。

館主回頭看了泰德一眼。「你們快逃吧。我來收拾大蛇。」

小匠甩開夜叉丸舅舅的手，飛奔到館主的左手邊去。「不行啊！叔叔會變成石頭的！一起逃走吧！」

「我不能走。」館主說。「山裡發生災難的時候，我必須要趕走災難，必須要收拾災難才行。」

「這是在很久、很久之前，這座山的第一個館主和一棵橡樹所交換的約定。橡樹看顧著山，當山裡發生災難的時候，就馬上通知館主。館主得知發生災難時，要與災難對抗，保護這座山，這是館主的責任。」

橡樹是大樹之神的使者。大樹神，就是住在樹裡面的神。

這座山從很久以前，就是住在岩石裡的磐座神與住在樹木裡的大樹神互相爭奪的地方。二尊神明彼此各自搶奪一座山。

供給我們一族住所的是大樹神。當我們被允許在這山中住下時，這座山的第一個館主，與大樹神交換了約定。我們可以住在大樹神所擁有的這片山林，相對的，萬一磐座神來搶奪這座山，就要為保護山而奮戰。這就是橡樹與館主之間的約定。橡樹沒有忘記約定，而我也絕不能夠打破這個約定。」

館主看了看孩子們，靜靜地笑了。然後，他對著坐立不安的夜叉丸舅舅說：「孩子們就拜託你了。我會趕快把大蛇收拾掉，再去找你們。」

「交給我吧！」夜叉丸舅舅高興都來不及了。

「不行！要怎麼在不看到大蛇眼睛的情況之下，把鑿子插到大蛇的額頭上呢？在把鑿子插上去之前，叔叔就會先變成石頭了！」小匠大聲叫著，夜叉丸舅舅則緊緊抓住他的手。

「小匠！總之先逃走吧！現在不是擔心別人的時候，我們的處境也很危險。」舅舅用力的將小匠的身體拉過來。「小結！泰德！快點過來！到裡面去！」

當夜叉丸舅舅的聲音在黑暗之中響起時，比先前更大的地鳴撼動了整座山，隧道也隨之搖晃。入口處的岩石崩塌，館主退到隧道裡面。

「快走！那傢伙爬上來了！牠從崩塌的岩石上爬上斷崖，想要到這上面來。快走！」館主這麼說著，用他的大手，把還在磨磨蹭蹭的小結和泰德用力地往夜叉丸舅舅那邊推。

「快點！快帶著泰德跑！」館主對小結大喊道。小結則緊握住泰德的手。

「館主大人！」耳邊傳來泰德快哭出來的聲音，小結使勁地拉著泰德的手，往隧道裡面跑。

沙沙、沙沙、沙沙，摩擦岩石的聲音從霧的另一邊傳來。喀啦喀啦喀啦，岩石崩落。從入口射進的光離他們愈來愈遠。黑暗一擁而上。

視野全被黑暗遮蔽之後，小結的「順風耳」變得很敏銳，風帶來谷底的聲音，和霧另一邊的氣息，突然間都在她的腦中產生鮮明的景象。

沙沙沙、沙沙沙、沙沙沙……

大蛇又粗又光滑的身體，爬過崩落的岩石往上面爬過來。

喀啦、喀啦、喀啦……

大蛇腹部下面的岩石又崩落了，好不容易爬上來的巨大身體又往後退。

沙沙沙、喀啦、喀啦……沙沙、沙沙沙、叩隆、喀啦、喀啦……

大蛇生氣了，牠抬起鐮刀形的頸子，甩了甩頭。霧變得紊亂，風變得騷動而喧鬧。

沙沙、沙沙……

小結對於浮現眼前的景象感到害怕，她想把耳朵摀起來。被小結牽著的泰德，從剛才就一直抽抽噎噎的哭著。

小結停下腳步。在黑暗之中，泰德問小結：「……怎麼了？」泰德的聲音，讓走在前面的夜叉丸舅舅回頭。「怎麼了？小結，趕快走啊。」

小結站在隧道裡，喃喃自語。「……我看到了。」

「看到什麼了？」夜叉丸舅舅焦躁的問。

「我看到大蛇了。就算我閉上眼睛，就算在黑暗中……是『順風耳』告訴我的，所以就算我在黑暗中也可以知道牠的動向，牠的模樣清楚地浮現在我的頭腦中。

那傢伙往上爬了一點點，然後又往下滑了一點點，接著，這一次，牠胡亂的揮舞著尾巴，拚命地想要爬到岩石上面去。我簡直就像可以直接看見那傢伙的身影。如果是我的話，就可以告訴館主大人了。」

「如果是我的話，就算閉上眼睛，也可以知道大蛇在哪裡、那傢伙的頭在哪裡、什麼時候使用鑿子比較好，我可以把這些告訴館主大人……這樣一來，就算閉上眼睛，館主大人也可以順利的把鑿子插進那傢伙額頭的正中央了。」

「不可以！」夜叉丸舅舅很難得的大聲怒吼。「我不允許妳那麼做。打倒大蛇這事就交給館主，妳要跟舅舅一起逃走。逃走就好了。只要到那棵橡樹，我們就可以順利回到原來的世界，就可以回到那個令人懷念、可愛的家呀。大蛇什麼的就別管了！」

小結在黑暗之中，往夜叉丸舅舅的方向瞪了一眼。「我會回家！不過，要先打倒大蛇，再把優花變回來，我非去不可。舅舅你們只要在隧道的出口等著就好了。」

腳下傳來地鳴的鈍音，隧道搖晃起來。

「那傢伙，現在焦躁得很。因為牠沒辦法順利的爬上來，所以開始亂發脾氣，用頭撞斷崖。坐在大蛇頭上的石英已經很火大了。」

「小結！妳要想清楚！妳認為妳是那條大蛇的對手嗎？別亂來！」

「沒有什麼災難是無法跨越的喔。」小結把媽媽常說的話說了一遍。小結正打算往入口走回去時，小匠卻叫住她。

「姊姊……等等。」小結回頭往弟弟所在的方向看一眼。

「不能去啦、不行啦。館主大人他……館主大人，已經變成石頭了。」

小結停下腳步，看著小匠的眼睛問道：「是你用『時光眼』看到的嗎？」

小匠很難過的點頭。「所以，就算姊姊過去，也沒有用……館主大人，已經變成石頭了……所以，不要去。」

「我會怎麼樣？」

小匠無力的搖頭。「不知道……我看到的，只有變成石頭的館主大人……在那個隧道的入口，只有變成石頭的館主大人……」

「那，大蛇呢？在你看到的未來裡，大蛇怎麼樣了？」

「我不知道啦！」小匠大叫著，小結聳聳肩。

「看吧，就算是你的時光眼，也還是有看不見的東西，總之，我是不會捲起尾巴，不去面對還沒確定的未來！」

小結知道自己很意氣用事。她也知道，就這樣繼續跑到橡樹下面，直接回到家裡去，那樣的做法會比現在還要好得多。

尤其一想到小匠所看見的未來，她的心情就更加不安。可是，小結是這麼想的。

如果，就這樣逃回去，丟下山裡變成石頭的館主大人和優花，還有孤獨一人的泰德，我一定會後悔一輩子。會一直悶悶不樂，因為這

件事而痛苦……

就算不用「時光眼」，小結也可以預想到那樣的未來。

不久之後，入口的光芒像一個小點一樣出現，小結一看到，就跑了過去。

「……不要緊，金色橡樹果的樹會保護她喔。」

夜叉丸舅舅背上的小萌自言自語地說著，她的聲音太小了，沒有人聽見。

小萌的右手裡，還緊緊握住那顆金色的橡樹果。

15 磐座神

當小結看到館主站在入口處大片光芒中的身影時，「順風耳」帶來毛骨悚然的聲音。

沙沙、沙沙沙……**大蛇爬上斷崖了**！

館主察覺到小結的腳步聲，在光芒中回頭看。

「不要過來！回去！那傢伙爬上來了！」

「我知道，你不要回頭！你轉頭面向入口然後閉上眼睛！」小結邊往館主面前跑過去，邊大聲喊著。「我會告訴你！照我所說的去

做！我看得見。我就算閉上眼睛，也看得見大蛇。所以，我要當館主大人的眼睛！」

沙沙沙沙、沙沙沙沙……

在那一瞬間，館主猶豫地看著小結，但他馬上轉身去面向白霧，擺出架勢迎接逐漸靠近的聲音。小結整個人都躲到他身後的陰影中。

「不要離開我的背後。要躲好。」館主低聲說。

滿溢到洞口的霧開始劇烈的晃動。小結知道，大蛇就在他們所站的地面下方不遠處，抬起牠的頭。

「我一說刺上去，就要狠狠用鑿子往前刺喔。」

在小結緊閉的眼中展開的黑色屏幕上，浮現出大蛇的身影。沿著斷崖爬上來的大蛇，現在在霧裡面把牠鐮刀形的頸子伸得長長的。

石英坐在大蛇的頭頂上。就算大蛇移動，石英的身體也紋風不動。石英的身體，彷彿是從大蛇頭上生出來的。

風捲起霧。被風吹散的霧，也吹進了隧道裡面。

「你們在那裡吧！」坐在大蛇頭上的石英，從白色的布幕後面現身。

「磐座神的使者特地來見你們，你們為什麼要把眼睛閉上呢？」石英帶著冷笑的聲音，從館主前面傳來。「山上的王，也害怕得不敢張開眼睛嗎？因為害怕大蛇的眼睛，而全身發抖嗎？」

石英的聲音越來越近，大蛇正慢慢把頭抬高到隧道的入口來。

「睜開眼睛！用你們的雙眼，牢牢的看著大蛇的眼睛！」石英已經是以俯視的姿態看著館主。

然後，巨大的頭終於打破白色的世界，從她的腳邊出現。

怎麼會！怎麼會這麼大！

小結在館主身後發抖。大蛇龐大到彷彿一堵阻擋風的牆，沉沉壓

迫著小結的胸口。

——妳以為能打得贏大蛇嗎？——在這一瞬間，夜叉丸舅舅的話閃過腦海。

「來吧，館主啊。山中之王啊，不要害怕睜開眼睛。大蛇的眼睛，現在正看著你喔。」

大蛇的頭，現在來到了館主的眼前。石英用魅惑的聲音引誘館主。

不行，還太遠了。這樣的距離，鑿子戳不到……

「來吧，館主啊。請睜開眼睛，只要看了大蛇的眼睛，你也會成為磐座神之下，這座山的一部分。」

「這座山，不只是磐座神的。」館主用冷靜的聲音說。「磐座神住在石頭中，大樹神住在樹木裡。這座山是石與土做成的，也是草與木做成的。如果有一邊摧毀了另一方，想要把山搶走的話，那才不是神，那是災禍。」

小結忽然感受到有股巨大的怒氣從霧裡面擴展開來。石英的憤怒愈來愈高漲，滿溢出來，震撼了風。然後，宛如她膨脹的怒火一般，大蛇看著館主的眼睛裡，紅光也變強了。

這時，石英笑了。從喉嚨的深處，憋著聲音微微地笑了。那令人生厭的笑聲，像冰一樣冷，像石頭一樣硬。

「愚蠢的傢伙……比起成為磐座的一部分，你好像比較想被磐座擊碎呢。」

霧飄飄的搖晃，大蛇的身體出現在館主站著的入口處。

「那麼，你就在那裡閉著眼睛被擊碎吧。大蛇會不留痕跡的把你們全部都打死！」

沙沙沙……沙沙沙……傳來摩擦岩石的討厭聲音。

「低一點，再往後面一點！」小結拉著館主的背，往裡面逃走。

隧道正在崩塌，有一堆細小的土砂掉在館主與小結的頭上。

「還不行嗎？」館主問的時候，大蛇巨大的頭終於穿過隧道入口。大蛇的頭伸入隧道入口，牠彎著身體，想要把頭往館主這裡伸過來。

「把鑿子放在臉前面！」小結叫著。

大蛇的頭把隧道塞得滿滿的，摩擦著岩石，遮擋了光線，突破黑暗逼近過來。

「再等一下！」小結低聲對館主打暗號。風穿過大蛇的頭與岩石間的縫隙，更加強烈的吹向小結。

大蛇的頭，塞滿館主眼前的空間。二眼發出的紅光，充滿著整個黑暗。

「插過去！就是現在！」小結大叫著。館主的手，很快的將鑿子往前刺。

喀滋——發出微微的、小小的聲響。

在這聲響之後，一剎那間，隧道裡一片死寂。

接著，下一瞬間，伴隨著驚駭的地鳴，腳邊開始搖晃。

大蛇巨大的頭，以驚人的速度滑出隧道。

大蛇在霧中發狂，攪亂了白色的霧，捲起風，將鐮刀形的頸子劇烈的左右搖晃。

此時，一塊大石從大蛇的頭頂剝落，掉到谷底去。大蛇巨大的頭開始崩毀。微微的喀啦聲，在鑿子四周的額頭石如蜂巢一般逐漸龜裂。

小結偷偷張開眼睛。大蛇已經不在隧道裡了，紅色的眼睛現在在霧裡面。

小結在淡淡的白光中，把視線移向站在自己眼前的館主身上時，她發出尖銳的慘叫。

「為什麼?為什麼,你沒有一直閉著眼睛到最後一刻呢?」館主的身體,已經有一半變成石頭了。

——亞達爺爺啊,從腳開始變色,然後就不能動了——

小結想起泰德說過的話。

石化的皮膚,一點、一點地攀上館主的身體。

館主轉動他那還可以自由活動的頭,將看著霧的目光轉向小結。

「我並非不信任妳。只不過,為了分毫不差地將鑿子刺過去,好摧毀牠的頭,我無論如何都要親眼做出最後的瞄準。」館主如此說著,對小結笑了起來。淡淡的光芒中,館主散發紅銅色澤的臉,凝結成灰色。

館主變成了石頭,他的臉上依然安詳地笑著。

「怎麼會這樣……」淚水順著小結的臉頰滑落。接著眼淚潰決,讓她幾乎無法呼吸。

在霧中，大蛇逐漸崩毀。發出喀啦、喀啦的聲音，身體和頭都已經潰不成形。大蛇變成巨大的堅硬石塊，墜落到谷底。

「小結姊姊！」小匠一邊跑來一邊大叫，小結只是怔怔地聽著。隧道中響起泰德往這裡跑的腳步聲。

來到白色光芒的小匠與泰德，看到站在變成石頭的館主前的小結。

「小結姊姊……」就算小匠開口叫她，小結也沒有回頭。

泰德走近變成石頭的館主，「哇！」的大叫。

「為什麼連館主大人都變成石頭了啊！這個混帳！明明都已經打倒大蛇了……明明，都已經打倒那傢伙了！為什麼，這樣大家都不能變回來嗎！」

說完之後，泰德拔腿往隧道外飛奔出去。

小結終於回過神來，看著隧道外，「泰德！你要去哪裡?!」

由於大蛇狂暴的亂鬧，被攪亂的霧氣變淡了，可以隱約看到入口外面的樣子。

崩毀的大蛇身體，凌亂地堆疊在一起，一直從谷底疊到隧道入口來。

「像是石頭的階梯……」小匠看著谷底，喃喃地說。

泰德現在正沿著那危險的岩石階梯往下面跳著跑走。

「不行啊！泰德！快回來！」就算小結再怎麼大叫，泰德也沒有回頭。

「喂！小結！小匠！你們還好嗎？」戰戰兢兢走回來的夜叉丸舅舅，終於出現在白色的光芒中。

小萌從舅舅的背上滑下來，往小結狂奔過來。

「小心！很危險喔！」小結抱住妹妹小小的身體。

夜叉丸舅舅緩緩地走近入口處，看到變成石頭的館主時嚇得停住腳步。

「喝！這傢伙，真厲害啊。」往谷底瞧了一眼，夜叉丸舅舅哼了一聲。

「館主很漂亮的打倒了大蛇。然後呢？那傢伙怎麼了？那個叫石英的女人，也變成石頭崩毀了嗎？」

小結吃了一驚，抬頭看舅舅。

「石英？」

「對啊，就是那個石頭做的女人啊。那傢伙也跟大蛇一起毀掉了吧？」

對，石英在大蛇的頭上。簡直就像是與大蛇融為一體似的，緊貼在大蛇頭上。

可是，大蛇把頭伸進隧道裡時，石英要怎麼繼續待在上面？那時候，石英應該不在大蛇頭上。如果當時她還在上面，應該會被洞頂卡住才對。

那時候小結因為專心一意地追尋大蛇的氣息，完全把石英給忘得一乾二淨了。**石英到底在哪裡啊**？

「怎麼了？喂，難不成，石英還在這附近徘徊嗎？」夜叉丸舅舅一臉驚嚇的回頭看著身後黑暗的隧道。

「……我想，石英八成也掉到谷底去了。因為鑿子刺進大蛇的額頭時，大蛇瘋狂的揮舞著頭。」

「在那場騷動中，石英應該也被捲入了才對。因為，石英就在大蛇的旁邊，她沒有時間跑到更遠的地方去。所以，大蛇開始崩毀，變得零零落落的時候，我想她應該也一起掉到谷底去了……」雖然小結這麼說著，卻還是無法抹去心中的不安。

「可惡！」在薄霧中，傳來泰德的聲音。「大蛇這混帳！」

小結的心情焦躁起來，往下看著朝谷底瞧的泰德。

「要把泰德帶回來才行……」

「泰德——！快爬上來！」小匠大叫著，但泰德還是一樣沒有回頭看小結她們的方向。岩石碎片從腳邊滾下去，凌亂地落入河中。

「我去帶他回來。」小結從層層堆疊的岩石階梯上，戰戰兢兢地跨出步伐。

「等等，我也要去。」小匠也從隧道裡面，來到岩石階梯上。

「我也要！」小萌剛說完就被夜叉丸舅舅抓住。

「不行、不行，妳不能下去喔。」小萌發出抗議的聲音，在舅舅的手中胡亂扭動。「好、好，舅舅揹妳下去。真是的，今天淨做些重勞動。以為只有爬上山頂而已，還一下要下山谷，一下又要爬上山谷……」

夜叉丸舅舅嘆了一口氣，把小萌揹到背上。

開始爬下那條危險岩石階梯的小結，忽然困惑地想著。**爬上山**

頂？夜叉丸舅舅到底什麼時候爬上去山頂啊？

右腳正要踏出去，腳邊的岩石搖晃起來。小結趕緊把腳縮回來，接著再一次謹慎的把腳跨在旁邊穩固的岩石上。

「小匠，要小心喔，有的石頭會晃。」小結對著很快就爬到身旁的弟弟說了之後，把雜念從心中趕走。然後，沿著長長的大蛇階梯下到谷底。

16 綠色的寶石

小結和小匠好不容易到達谷底時，泰德正蹲在河邊，雙手撿起二顆紅色的石頭。

泰德的雙手所握住的石頭，和其他的石頭不一樣，圓圓的，被打磨得很光滑，紅得像血一樣。

是大蛇的眼睛！

小結正這麼想的時候，泰德用力的，把那二顆石頭往鉛灰色的河流丟過去。二顆石頭畫出二道弧線飛過河流上空，被吸入白色的霧

裡，從某處傳來落水的聲音。

「啊啊！」夜叉丸舅舅小小聲地叫了起來。到達谷底的舅舅，對著紅色石頭飛進霧裡的方向，打從心底感到遺憾而嘆了一口氣。「太可惜了。剛才那是大蛇的眼珠吧？把它帶回去的話，會是很好的紀念品的說……」

「都是那二個眼珠的錯，大家、大家才會都變成石頭了！」泰德瞪著河面，一吐怨氣般的說。

「喔喔！這還真是七零八落啊……看這樣子，石英也不行了。那傢伙搞不好也跟大蛇一樣七零八落，掉在那一帶喔。」夜叉丸舅舅一邊說著，一邊在谷底四處張望，好像是想找看看哪邊有不錯的紀念品。

「泰德，回去吧。」小結輕輕把手放在瞪著河水的泰德肩上。

「妳說回去，我要回哪裡去啊。混蛋。大家都變成石頭了呀。現在在這座山裡，只剩下我一個人而已了……」

泰德的話，讓小結心痛起來。就算打倒了大蛇，也什麼都沒有改變。什麼都無法改變。變成石頭的人，還是石頭……到最後，泰德還是孤單一人。

「喔喔！」夜叉丸舅舅發出歡呼。「是鑿子！鑿子竟然掉在這種地方！」

忽然，泰德背向著河，往斷崖跑過去。

「等等！泰德，你要去哪裡！」小匠追在泰德身後跑著。

泰德彷彿在岩石間跳躍般奔跑著，小結以難過的心情看著他小小的背影。

在巨大的岩石堆旁邊奔跑的泰德，腳好像被什麼東西絆到，跌了一跤。

「危險！」小結不禁叫出聲來，往泰德那裡跑過去。

小結這麼想的時候，小匠叫了起來。「姊姊！夜叉丸舅舅！快點過來！泰德他……！泰德被抓住了！」

好不容易從夜叉丸舅舅背上逃走的小萌，搖搖晃晃的往那裡跑過去。

「喂、喂，小萌。在這種地方跑，連妳也會跌倒喔。」夜叉丸舅舅慢條斯理地跟在小萌後面。

小結來到踢著腳的泰德旁邊。「怎麼了？哪裡受傷了嗎？」

小結仔細地看著坐在地上掙扎的泰德。

她看到一隻白色的手抓住泰德的腳踝，泰德被那隻手抓住了。

小結深深吸了一口氣。那隻手是從哪裡伸出來的呢？她提心吊膽的往眼前岩石的陰影處看進去。

「……什麼東西……這個……」

岩石裡伸出一隻手。不，是岩石的一部分以手的形狀伸出來，抓住泰德的腳踝。

那是石雕的手。石雕的手，冰冷的手指，抓住泰德的腳踝。

小結的背上一陣惡寒，不禁往後退了一步。

就在此時，小結看到了另一隻石頭的手。從接近地面的岩石底部，伸出了另一隻手。那隻手，現在像是個生物似地扭來扭去的活動著。從石頭裡面生出來的白色的手，慢慢地爬上泰德的身體。

小結注意到，宛如冰一樣的石頭手指好像要掐住泰德的脖子，她發出小聲的尖叫。

「不要！快住手！」小結叫著，往那隻像蛇般扭動的石頭手腕撲過去。小結伸手壓住那隻手，把它的指尖立起來，拚命要把那隻手從泰德的身上拉開。

「泰德！快點逃！」小匠也努力把抓住泰德腳踝的石頭手指給扳開。

但是，深深陷入腳踝的手指，完全不為所動。另一隻手，像蛇一樣爬到掙扎的泰德身上。

風輕搖著薄霧，傳來訊息。在那陣風之中，小結聽到微微的低語。

——你是最後一個。你是，最後一個——

「是石英！」小結叫著。「是石英抓住了泰德！」

「姊姊……」不知不覺間，小萌站在眼前，張著圓圓的眼睛看著小結。

「小萌！這裡很危險！夜叉丸舅舅，來幫忙！把這隻手從泰德身上弄掉！」

「姊姊，妳看。岩石上面，有眼睛欸。」

她抬頭仰望著在身後不遠處，生出石頭手的那個巨大岩石。

像個小山一樣的白色岩石的頂上，有二個小小的凹槽。在那凹槽裡，有二個眼珠子閃閃發光。

當小結看到發出宛如深邃湖水般的綠光眼珠時，才驚覺到，生出石頭手的岩石就是崩毀的石英殘骸。石英已經不再是原本的模樣。身體的輪廓，和美麗的長相都消失了。變成石塊的殘骸裡，只有冰冷的綠色眼睛，和二隻手在蠢動而已。

宛如深邃湖水一般，閃耀著綠色光芒的眼睛。

小結打了一個寒顫，不禁盯著石英在岩石裡的眼睛看。然後，凹槽中的綠色眼珠，慢慢的轉動，用可怕的眼神看著小結。

——這就是最後了。只要這小子就結束了——

「夜叉丸舅舅！」小結大叫著。「鑿子給我！」

「啊？妳說什麼？鑿子怎麼啦？」

小結用右手抓住腳邊的一顆石頭，蹣跚地站起來。她繼續瞪著石英的眼睛，對夜叉丸舅舅伸出左手。

一頭霧水的舅舅，慌張地把鑿子放在她手中。

小結用力緊握鑿子的柄，大大的吸了一口氣，站在岩石前面。

石英在凹槽中的眼睛，浮現驚訝的神色。

小結用鑿子銳利的尖端，敲打那對綠色眼睛的中央。

「姊姊！快點！石頭的手指已經到泰德的脖子上了！」小匠大叫著說。

小結咬緊嘴唇。然後她舉起右手，對準鑿子的柄，拿起石頭就搥下去。

喀。這時岩石承受不住而碎裂，石英的二顆眼珠，終於掉落，滾到小結的腳邊。

從鑿子的尖端延伸出去的裂痕，開始擴展到整塊岩石上。細細的、小小的裂痕布滿整個岩石，喀啦、喀啦地崩塌下來，變成一座純白的小石子山。

「泰德！泰德！你沒事吧？」

小匠把泰德拉起來。小結筋疲力竭地吁了一口氣，用發呆的眼神看著泰德。

抓住泰德右腳的石頭手，以及伸到泰德脖子上的石頭手，都零碎崩解到連痕跡都沒有。泰德從細碎的石礫中站起來，還在呼呼的喘著氣。

「小結，幹得好。」夜叉丸舅舅站在小結的眼前，耍帥的說。

夜叉丸舅舅，真的是很不可靠，就只會說好聽話……

小匠蹲下來，從小結腳邊的石礫裡面撿起一樣東西。「……是石英的眼睛……」小匠把手上的綠色寶石，拿一顆給小結和泰德看。

這顆比大蛇的眼睛還要小很多，大約和玻璃珠一樣大，圓圓的綠色石頭，在小匠的手掌上閃閃發光。

夜叉丸舅舅探頭來，凝視著那顆寶石。「這傢伙是怎樣。就算已經崩毀得一塌糊塗了，卻彷彿還在對我們虎視眈眈……」舅舅好像在打寶石的主意，小匠馬上緊握住。

「這種東西，還是丟掉比較好。都是因為這種石頭，石英才會動起來……」

小匠這麼說著，把握住石英眼睛的手，朝向河流高高舉起。

「啊啊……」夜叉丸舅舅呻吟的時候，小萌說話了。

「那顆石頭，不可，丟掉！」大家都吃了一驚，看著小萌。「那顆石頭，不可，丟掉！」小萌重複相同的話。她站在布滿石頭的地面上，慢慢地將胸前緊握的手伸出去，在大家的眼前高舉一樣東西給大家看。

「金色的，橡樹果……」小結看到小萌手中的金色橡樹果，喃喃地說。

「紅色寶石閃耀之時，磐座封閉生命，綠色寶石閃耀之時，磐座解放生命。那石頭是將變成石頭的人，從磐座解放的關鍵。那個石頭，不可，丟掉。」

「『魂寄口』……」夜叉丸舅舅嘀嘀咕咕的自言自語，瞇眼看著小萌。「哎，妳們幾個傢伙，把我們一族厲害的能力都繼承走了。」

大家的目光都集中在小匠手中的寶石上面。

「可是，這石頭要怎麼用啊？」小匠苦惱地歪著頭看著小萌。

「啊啊……肚子好餓……」是平常小萌會說的話。

小結重振心情，從石礫中站起來。「總之，先帶著這石頭，到變成石頭的人們那裡去看看吧。」

大家在這時候，才注意到小結的視線投向某個地方。

變成石頭的工匠爺爺，正站在斷崖的轉角，瞪視著河流。

「走吧。」小結邁出步伐，大家魚貫跟在她後面，走近變成石頭的工匠。

強風頻頻從斷崖上面吹來。風攪亂了飄在谷上方的薄霧，將霧緩緩推向河面。薄薄覆蓋在山谷上空的霧狀薄紗被吹亂，忽然，一道光束射向谷底。

來到工匠面前的一行人，都因為突如其來的光線而抬起頭。

在山谷的另一邊，突出的岩石之上，可以看見樹木青翠的枝梢閃閃發光。

山中的樹木們，好像在呼喚著什麼……小結察覺到這一點，緊張地屏住氣息。

「啊……」小匠發出驚呼聲。「綠色的石頭，在發光……」

大家都慌張地看向小匠的手中。石英的眼睛……綠色的寶石將斷崖上面射下來的太陽光集中起來，發出光芒。

綠色的寶石散發出淡淡的光芒，讓周圍宛如充滿從枝葉間隙照進來的陽光。

「啊！」泰德叫了一聲。

「喔喔！」夜叉丸舅舅也叫了起來。

「老爺爺他！老爺爺他，融化了！」

老人石化的身體被寶石的光照到之後，開始一點、一點地恢復成柔和的色彩。簡直就像是冰塊融化了一樣，包裹著工匠爺爺身體的石頭鎧甲消失了。

老人僵硬的手抽動了一下，瞪著河面的眼睛，也靈活地轉過去看著小結等人。

接著，老人彷彿大夢中初醒，扭了扭脖子，張開嘴巴。「大蛇到哪兒去啦？」

「老爺爺！」小結不禁往石頭工匠的小小身軀飛奔而去。

「太好了！恢復了！恢復原狀了！這個混蛋！」

工匠爺爺被泰德緊抱住，又被小結搖晃著，頭昏得七葷八素。

「恢復了……這個石頭，把變成石頭的老爺爺恢復原狀了……」小匠凝視著綠色石頭，喃喃地說。

「快點走吧！去把館主大人也變回來！把大家都變回來！」泰德精神百倍的叫著。

工匠爺爺還發著呆，再次重複他的問題。「大蛇呢？那傢伙到哪兒去啦？石英怎麼啦？」

夜叉丸舅舅把一塊滾到腳邊的岩石碎塊往河流的方向踢過去。

「大蛇已經變得支離破碎的，變回石頭了。石英也一樣，是石英眼睛的那二顆石頭，讓你身體恢復的。哎呀呀！看樣子這次應該是皆大歡喜的結局了。」

「這樣一來，優花也能變回來了！」小結興奮的大叫著。

「走吧！快點走！」泰德拉著小匠的手。他們二人朝向岩石階梯跑過去。

「舅舅，揹我。」小萌抱著夜叉丸舅舅。小結正追在泰德和小匠後面一起跑過去，夜叉丸舅舅叫住她。「小結。」

背著小萌的夜叉丸舅舅，用一本正經的表情看著小結。

「什麼？怎麼了嗎？」

「沒有啦，如果真的皆大歡喜就好了。我只有一個忠告。」

「是關於妳朋友的事。就算用石英的眼睛，把她變回來好了。然後，妳要怎麼向那個朋友解釋？妳要跟她說，她從五斗櫃的抽屜，被傳送到另一個世界去，然後被大蛇變成石頭嗎？

因為打倒大蛇，所以才能把妳變回原狀。恭喜！妳要對她這麼說嗎？」

小結看著舅舅的臉，沉默了。小萌在夜叉丸舅舅的背上喃喃自語說：「優花一定很驚訝吧。」

「如果是我的話，就不會管她。我認為就讓她維持著石頭的模樣，不管是對妳，還是對妳媽媽，都是不錯的決定。」

小結被舅舅的一番話氣炸了。「夜叉丸舅舅是笨蛋！」接著頭也不回地跑走了。

工匠爺爺目不轉睛地盯著跑開的小結，和呆站在原地的夜叉丸舅舅瞧。

17 抽屜關上了

當小結來到岩石階梯的頂部時，她看到隧道裡閃耀著綠色的光芒。

站在入口的小匠高高舉起右手，讓太陽光照亮手中的寶石。綠色寶石在小匠的手中，匯聚了明亮的光線而閃閃發亮。

寶石所散發出的綠色光芒，射進微暗的洞窟裡，照亮館主的石像。

包住館主身體的石頭鎧甲一點一點的融解，他的身體恢復成原本

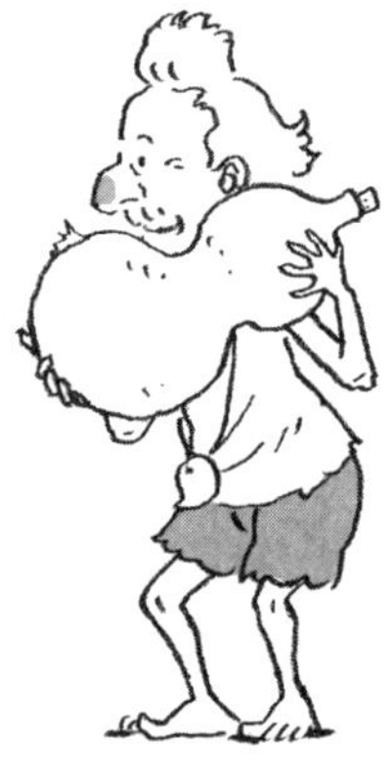

的色彩。

——紅色寶石閃耀之時，磐座封閉生命，

綠色寶石閃耀之時，磐座解放生命。——

金色橡樹果的橡樹藉著小萌所說出來的話，回響在小結的心中。

就在此時，她聽到館主大大地呼出一口氣。彷彿要將磐座神殘留在他體內的最後咒縛給一吐而盡似的，館主大大的嘆了一口氣之後，眨眨眼睛。

「館主大人！」泰德撲向那高大的身體。館主伸出他強壯且柔軟的手臂抱住泰德的身體，然後很驚訝地看著這三個孩子。

「大蛇呢？那傢伙到哪裡去了？那傢伙沒有把我變成石頭嗎？」

「恢復了！完全恢復了、恢復了！」小匠揮舞著他一直高舉的手，大叫著。

「大蛇，已經變得碎碎的了！」泰德也在館主緊緊抱住的情況下大叫著。「石英也變得碎碎的了！石英的綠色眼珠會發出強烈的閃光，就是那個光讓館主大人的石頭慢慢溶化掉的！」

小結用力的點頭。「是金色橡樹果的樹告訴我們的。大蛇的紅色眼珠，會讓大家都變成石頭，但是石英的綠色眼珠，可以把大家都變回來。所以工匠爺爺和館主大人，都變回來了。」

「喂！」背著小萌的夜叉丸舅舅，終於爬上岩石的階梯。

「還順利嗎？」舅舅來到頂上之後，看著抱住泰德的館主，嘴角揚起微笑。「啊啊……看樣子，進行得還不錯嘛。那真是太好了。」

「還沒有喔！」泰德很高興地叫著說，「要趕快去把大家都變回來才行！快點！快點！快到樹林裡去吧！」泰德一邊說著，像個撒嬌的孩子一樣拉著館主的手。

「好，走吧！」館主點點頭，把他大大的手掌放在泰德頭上。

小匠笑容滿面地回頭看小結。

「這樣一來，總算也可以把姊姊的朋友給變回來了。我們也總算可以回家了吧？」

懸在心底深處的不安，尖銳地刺著小結的心。

夜叉丸舅舅背上的小萌認真對著小結說：「姊姊的朋友，一定很驚訝吧……要是她知道這座山是在抽屜裡面，一定會很驚訝的。」

夜叉丸舅舅一邊點頭一邊發出嗯、嗯的聲音。「就是啊。小萌真是聰明。要是在這種地方醒來，不管是誰都會十分驚訝。小匠，你應該明白吧？要是事情變成那樣，就糟到不能再糟了。如果帶著那個朋友回去，之後要怎麼辦呢？

她會把今天的事，全部都忘掉……嗎？她一個字也不會對別人說……嗎？」

「可是……那……要怎麼辦才好？」小匠困惑地看了看小結，又看了看舅舅。

夜叉丸舅舅的眼中，出現狡猾的光芒。

舅舅用細微的聲音，對小匠說，「就不要帶她回去啊。總之，這一次，就讓她繼續維持石頭的樣子留在山上，然後大家再來仔細思考該怎麼做才好。

找爸爸和媽媽商量吧。我想你媽媽一定會說，那孩子可不能帶回來。否則啊，媽媽的真面目是狐狸這件事就會被拆穿了。」

「別亂說話！」小結忍無可忍地打斷了舅舅的話。「媽媽才不會說那種話！總之，我一定要帶優花回去。我會讓她變回來。至於要怎麼對優花解釋今天的事……這個……」

小結吞吞吐吐地說：「我還不知道要怎麼說，不過，一定會有辦法的……」

夜叉丸舅舅若無其事的聳了聳肩膀。

泰德和館主不明白到底發生了什麼事，一臉困惑地看著彼此。

「好了！走吧！」小結對著泰德和館主，提起精神的說。

大家正打算要走進隧道的時候。一個嘶啞的聲音，叫住了所有人。

「等一下。」站在岩石階梯最頂層的，是工匠爺爺。身體已經全部都復原的老人，不知在何時爬上岩石階梯。

「喏，帶著這個走唄。」老人說完之後，拿出一個很大的葫蘆。

「……？」小結不明所以地偏著頭。年老的工匠用嚴肅的表情，把手中的葫蘆遞向了小結。

「帶著這個走唄。這是混合了忘卻草果汁的山楂酒。俺每年都會釀山楂酒，這東西，很甜，很好喝唷。這是去年釀的，俺剛從家裡找到，就帶過來了。」

「謝、謝謝……」小結疑惑地收下老人的葫蘆。雖然特意收下了，可是小結她們根本就不能喝酒啊……

看著小結一臉茫然的表情，工匠爺爺大大的嘆了一口氣。

「不瞭解嗎？那是要給妳那個變成石頭的朋友喝的啦。」

「咦？」小結訝異的抬起頭。

「只要喝一口那個酒，喝的人就會醉了，心情也會變很好。因為裡面摻了忘卻草的果汁。」

「可、可是……那樣做的話，會不會對身體不好啊？」小結擔心地問。

「只要睡上一覺就好啦，是不知道怎麼樣啦，不過好像那個朋友知道發生在這山上的事的話，對妳很不妙吧？要是那個朋友追根究柢起來，問妳一堆問題，妳會很傷腦筋吧？那樣的話，就用這個酒，讓她以為一切都是作夢就好了。

妳那朋友一醒過來，就給她這個。她會以為做了一個很長的夢。」

小結總算搞懂了。小結在知道工匠爺爺為什麼要特地給她這個酒之後，很開心的說：「謝謝。」

小結打從心底道謝，工匠爺爺有點害羞地搔了搔頭。

「快點，我們走吧。」泰德從隧道裡叫喚著。

小結回頭看著隧道的方向，然後再次看著工匠爺爺。

「老爺爺你打算怎麼辦？不跟我們一起來嗎？」

「俺不去了，俺只要當個石頭的工匠就滿足了，俺之前變成不是俺的人已經累壞了。不做任何人，俺只要做俺就夠了。俺喜歡在這山谷裡過活。」

小結看著他的眼睛，微微點頭。

「我明白了……那，老爺爺，要保重喔。」

老人也點點頭。射進山谷的陽光，從老人全白了的頭上照射下來。

「好！出發了！」

在泰德興奮的催促之下，小結開始往前走，在她背後，工匠爺爺再度開口。

「喂，最後，再告訴俺一件事吧。」小結停下腳步。

「聽見橡樹的聲音，知道石英的祕密，和館主大人一起消滅了這座山的災禍……妳們到底是什麼人哪？妳們是從哪裡來的？」

小結猶豫著，不知道該怎麼回答才好。

自己的真實身分……是人類爸爸和狐狸媽媽所生下來的孩子，可以這樣解釋嗎？

在這時候，揹著小萌的夜叉丸舅舅，從隧道的入口處突然探出頭來。

「老爺爺，這些孩子們啊，是擁有『順風耳』、『時光眼』和『魂寄口』的孩子們，能聽到、看到、感覺到很多很多不可思議的東西。之前我也說過了吧？這些孩子們十分厲害。」

工匠爺爺的口中說出細微的低語。

「……這些孩子們，是三申之子嗎……？」

「來，走吧，小結。趕快把事情收拾一下，回到抽屜的另一邊去吧。」

這麼說了之後，夜叉丸舅舅背著小萌，一搖一晃的朝向隧道裡面走去。

「掰掰，老爺爺！」小萌朝著背後的石頭工匠揮手。

「再見，老爺爺。」小結也同聲說道後，就留下石頭工匠開始往前走。

在隧道裡回頭一看，入口處的圓形光芒之中，已經看不到老人的身影了。

石頭的工匠，回到谷裡去了。

小結他們一邊在隧道裡朝著樹林前進，一邊商量著往後的各種事情。

首先，就是要把優花變回來，以及到底要對優花說些什麼藉口才好……

「可是啊……」夜叉丸舅舅又插嘴進來。

「今天發生的事，都是做夢……跟她這樣說，她會相信嗎？要是我的話，實在是沒辦法相信這種話哪……」

「那，你是說，被拉進抽屜裡，在那抽屜裡的山上有條石頭做的大蛇在胡作非為，這種話比較容易讓人相信囉？」小結滿肚子火的反問舅舅。

「優花跟舅舅不一樣，是一個很正經的普通女孩子。她從來沒有被拉進抽屜裡，還被大蛇變成石頭過。讓她認為這些全部都是在作夢，這點絕對比較容易。」

小結最後一句話像是說給自己聽似的，她自己點了點頭。

離開隧道，來到雜木林山坡，不久之後，小結她們到達令人懷念的橡樹下面。

在樹梢間灑落下來的淡淡陽光之中，變成石頭的人們，彷彿時間靜止了一樣。

「好，要開始囉！」

小結用力的握住拿著葫蘆的手，對著大家發號施令。「這個，讓泰德拿著吧。」

小匠把綠色的寶石放到泰德手中。

「我們已經要回去了。接下來，就要由你讓大家恢復了。」

泰德神色慌張地看著曾經是石英眼珠的綠色寶石，然後堅定的對著小匠點頭。

「那，泰德，拜託你了。夜叉丸舅舅也準備一下喔。讓優花喝下

山楂酒之後，你就要馬上帶我們所有人回到另一邊的世界。」

「我知道了啦，我已經先把門打開了。」

從舅舅背上滑下來的小萌，抬頭看著隨風搖曳的橡樹樹枝。

「咦？橡樹果，變成棕色的了。已經不是金色的橡樹果了唷。」

大家都不約而同的抬頭看橡樹。

在橡樹樹枝上的橡樹果，每一個都失去了黃金的色澤。只有常見的棕色橡樹果，在樹葉之間探出頭來。

「要開始囉。」泰德簡短地說，將拿著寶石的手，伸向從橡樹枝葉間射下來的耀眼陽光。

小結深深的吸了一口氣，凝視著站在泰德面前的優花石像。

沐浴在陽光中的寶石發出光芒。寶石散發出的淺綠色光芒，在樹木與草地間閃耀，包圍了優花的石像。

堅硬的石頭外表如同融化一般消失了。

噗通、噗通、噗通……壓抑著強烈的心跳，小結一直注視著情況的變化。

忽然，優花尖叫著，震撼了樹林。「呀——！呀——！呀——！」

大家都被這超大的聲音嚇得跳了起來。恢復原狀的優花，眼睛睜得老大，視線在自己周圍這沒見過的世界中遊走。

「沒事的，這只是夢啦。」小結迅速地盡量溫柔、平靜地對優花說。

優花的視線停在小結的臉上。小結趕緊繼續說：「沒事，別擔心。這都是在做夢喔。」

「蛇呢？」優花用顫抖的聲音問小結。

「眼睛紅紅的好大的蛇，在哪裡？那也是做夢嗎？」

「對、對。那也是夢。」小結趕緊點頭。

「妳看，到處都沒有看到蛇啊。」

優花的眼睛，戰戰兢兢看著樹林裡面。她看到站在她眼前的人們，再度詢問。

「那，小結也是嗎？小結的弟弟和妹妹也是？這些全都是夢？」

「對，夢、是夢。」小匠回答說，小萌也點頭。

優花懷疑地看著夜叉丸舅舅、泰德和館主。

「那，這些人是誰？為什麼這些陌生人會出現在我的夢裡？」

夜叉丸舅舅從旁邊插嘴說。「我是小結的舅舅夜叉丸。」

夜叉丸舅舅多餘的自我介紹，讓小結在心中不耐煩的嘖了一聲。

「夜叉丸？」在那一瞬間，優花呆愣著。

「夜叉丸？咦？……我記得，那不是狗的名字嗎？」

「狗?!」夜叉丸舅舅非常生氣的大叫起來。

「對啊！是小結偷偷養的狗的名字！我看到那隻狗……然後、然後，小結房間的抽屜打開了……」

「那也是夢。全部、全部都是做夢啦。」小結趕緊打斷優花的話。

「這個夢這麼奇怪，還是快點醒來比較好吧？我現在就給妳夢之國的藥。不要緊的，喝下這個，很快就可以從這奇怪的夢裡醒來了。」

小結這麼說了之後，不管三七二十一，就把裝了山楂酒的葫蘆硬是塞給優花。

「來，喝了這個。跟噩夢的世界說再見吧！」

優花還在猶豫著。

在這時候，館主用嚴肅的聲音說。「我是夢之國的國王。喝了那個夢之藥吧。喝下之後，就可以從夢境中離開了。」

館主這般精湛的演技，發揮了效果。他充滿了國王威嚴的聲音，讓優花不由得相信了。

優花吸了一口氣，戰戰兢兢地把葫蘆拿到嘴邊。

小結緊張地看著優花。**加油！快點！一口氣喝掉！**

咕嘟。優花喝了山楂酒。她有點驚訝的張大了眼睛。

咕嘟。她又喝了一口。如同老人所說的，這個酒，是又甜又好喝的酒。優花好像很喜歡山楂酒的味道。

咕嘟、咕嘟……看著優花一直喝葫蘆裡的酒，小結開始有點擔心。

「優花，呃……喝這樣已經夠了啦。」小結提心吊膽地說了之後，優花終於把葫蘆放下，驚訝的「哈——」出一口氣。

「優花？妳還好嗎？」小結盯著大口喝下山楂酒的朋友看。

優花看著小結的臉，笑了起來。「妳說……還好，是什麼事情？」

「呃，總之，妳感覺如何？」優花聳了聳肩膀，嘿嘿嘿的笑了起來。

「這麼開心的夢，我從來就沒有做過！真想讓小結也瞧瞧哪。那個，眼睛紅紅的，超大的蛇！」**生效了！確實生效了！**

小結在心中跳了起來。雖然效果也許有點過頭了，不過現在不是在意這種事的時候。

「哇，喝醉了……」小萌說著，小結噓了一聲要她安靜，然後對夜叉丸舅舅使了一個眼色。

「舅舅！ＯＫ！趁現在，快點回

家去吧！」

「好！終於可以回去了！

大家都要緊緊的抓住我喔。抓哪裡都可以，只要緊挨著我的身體就好。手放開的話，就不能一起回去了喔。」

小萌抓住舅舅的手，小匠抓住舅舅的腰，小結把手放在舅舅的肩膀上。

「優花。快點，來抓住夜叉丸舅舅！」

優花只是嘻嘻的笑著。

「好奇怪的名字。喂，為什麼小結的舅舅，要跟狗叫一樣的名字啊？」

「別管了。優花，來，抓住舅舅的肩膀！」

小結著急的抓住優花的手，把那隻手牢牢的按在舅舅的肩上。

「要走囉！」舅舅這麼說著，把一隻手掌貼在橡樹的樹幹上。

「再見，泰德！再見，館主大人！」小結回頭對二人叫著說。

「呃，是在哪邊啊……」舅舅用腳在橡樹突起的樹根上探索著。

「再見！還會再見面的！」泰德哭哭啼啼的大叫。

「找到了！是這裡！」

舅舅一腳踩進二個粗大的樹根之間，並把手放在樹幹上面。

這時候，突然間，小結眼前的影像開始搖晃。

強烈的風，咻咻吹進樹林裡來。橡樹和林間的樹梢，都鬧哄哄的騷動起來。小結拚命的抓住夜叉丸舅舅的肩膀。

「再見！再見！」

聽得到泰德的聲音。拚命的將在風中閉上的眼睛睜開之後，就看到橡樹的樹幹上的樹穴正在擴大。裂開的黑色洞穴，彷彿要吞掉他們。

身體不自覺地轉向幽暗的洞穴。

「再見！要保重喔！」小結大叫著。

「再見！三申之子！」館主的聲音響起。

看不見的手，包圍住小結她們的身體，一口氣將她們全都拉入洞穴中。

雜木林的嘈雜聲愈來愈遠，吹拂著臉頰的風也中斷了，小結張開眼睛。

腳踩上了木板的地面。看了看四周，那裡是令人懷念的大樓裡的兒童房。

家裡熟悉的氣味，將小結包圍起來。秋天午後的陽光，透過掛在窗邊的蕾絲窗簾照射進來。

叩咚……喀答、喀答、喀答……

發出微微的聲響，日式五斗櫃最下方的抽屜，正在關上。

小結凝視著，抽屜中搖曳的綠色樹林。

不久之後，抽屜緊緊的關上，就算房間中已經復歸平靜，小結也無法將視線從日式五斗櫃上面移開。

在小結的心中，那抽屜裡的山中樹林仍然紛鬧嘈雜。彷彿還聽得見，風吹過樹梢的聲音，還有落葉細細的聲音。

「歡迎回來……」

小結深深的吸了一口氣，終於把被日式五斗櫃吸住的視線轉開。

「我回來了。還有，歡迎回來……」小結對著小妹說了之後，笑了起來。

「我回來了……」小萌也跟著說。

小結局的開端

好不容易回到家裡，小結她們發現好幾件讓人驚訝的事情。

首先，她們在抽屜的世界裡誤闖了那麼久，回來一看客廳裡的鐘，從優花按了對講機開始，只過了十五分鐘而已。

還有館主為了小結她們所做的樹皮涼鞋，不知何時消失不見了。是被吸入樹穴時掉了嗎？還是說，是有一股不可思議的力量，把抽屜另一邊的世界裡的涼鞋弄不見了呢？沒有人知道。

而小萌一直都放在口袋裡的橡樹果也不見了。

只有夜叉丸舅舅成功的帶紀念品回來。舅舅得意的從口袋裡面拿出來的，竟然是另一個綠色的寶石，是石英的另一個眼珠。當小匠他們去把館主變回原狀的時候，機靈的舅舅從谷底的石礫下面，找到了這個紀念品。

拿著冒險的戰利品，夜叉丸舅舅非常滿足的回到狐狸們居住的山裡去了。

回到山上的舅舅，八成會在齋奶奶和鬼丸爺爺面前講一堆有的沒有的，大談自己的冒險事蹟吧。

優花最後在小結家中的客廳沙發上睡了三十分鐘，然後回家了。

小結抓緊優花醒來的時機。「優花，我找到寫字簿了。對不起喔，因為剛才一直都找不到……」

小結說了之後，在睡眼惺忪的優花面前，拿出回家作業要用的練習本。

「啊？我睡著了嗎？我一直在這裡睡覺嗎？」優花發著呆，在客廳裡東張西望。

「妳一直在睡喔。」小匠盯著電動遊戲的畫面，順水推舟地說。

「抱歉……我找寫字簿花太多時間了……」小結在心中再一次道歉。

對不起。我騙了妳……

優花說：「我做了一個很不可思議的夢喔。」

優花拿了寫字簿，小結送她到玄關去的時候，心裡緊張得噗通、噗通直跳。

優花在玄關前面，朝著小結她們所睡的兒童房裡面看了一眼。

「對了，小結，妳沒有養狗吧？」

「啊？」小結把著急的心情嚥下去，裝糊塗的說。

「狗？這棟大樓是禁止養寵物的啊……優花，難不成妳有養狗？」

「沒有。」優花仍然看著兒童房的方向，搖搖頭。「沒事……只是問問而已……」

小結在不被優花發現的情況下，大大的吁了一口氣。

優花穿上運動鞋，正要走出玄關，她打開了門，再度回頭看小結。

「小結，妳有舅舅嗎？」

小結放鬆下來的心情，又緊繃起來。「有啊……怎麼了嗎？」

「那個啊，妳那個舅舅，叫什麼名字啊？」

「呃……小、小豆大介。」小結本來想隨便胡謅一個名字，但是最後說出口的，是今天舉行結婚典禮的爸爸的學弟名字。

「嗯……」優花像是在沉思似的歪著頭。

「大介舅舅啊……」

「怎麼了？為什麼要問我舅舅的名字？」小結小心翼翼的優花。

「沒有……」優花搖搖頭。

「沒什麼事。只是想問看看而已……謝謝妳的寫字簿。等我寫完功課，會再放到妳家信箱。」

說完之後，優花終於走出玄關，小結不知道鬆了多大一口氣。就連扣上鍊條鎖的手，都不禁顫抖。

鎖上了門後，小結筋疲力盡的回頭，小匠和小萌都在客廳的門口。小萌大口吃著叉在叉子上的烤棉花糖。

「終於結束了。」小匠說。

「嗯。」小結點頭。

「終於，這樣一來，一切都回歸正常了……」

「終於，皆大歡喜、皆大歡喜。」小萌說。

然後小萌咬了一口烤棉花糖，皺起眉頭。「姊姊，肚子餓了啦。

人家不想吃棉花糖，妳去煮飯嘛。」

那天傍晚，從結婚典禮回來的爸爸和媽媽把禮服換下來之後，不一會兒就被三個孩子團團圍住。

小結她們，在爸爸和媽媽身邊，你一言我一語的，把那天發生的大冒險都一五一十的說給他們聽。

「你們在家裡看家半天，就遇到這麼不得了的事，真是難以想像。」爸爸說。「不過，那個五斗櫃的抽屜居然會打開，真不可思議呢。媽媽結婚之後，把那個五斗櫃帶到這裡時，就應該已經把那最下面的抽屜給封印起來，讓它怎麼也打不開才對啊……」

接著，他們一個、一個跑去看那個有問題的五斗櫃。

媽媽伸手去碰那個最下面的抽屜時，孩子們都嚇一跳往後退。要是抽屜又打開，把他們給吸進去的話就太不妙了。

「不要緊的。」

媽媽莞爾一笑，拉了拉抽屜的一角，當媽媽的手一放上去，那個總是打不開抽屜就輕輕鬆鬆的被拉開了。而且，抽屜裡面是空的。

「為什麼？為什麼媽媽打得開抽屜呢？」小結一臉呆愣地看著空蕩蕩的抽屜，提出問題。

「喏，來看這四個角。」媽媽指著抽屜內板四個角落。

「上面寫了四個紅色的『封』字對吧？那是媽媽寫的喔。為了不讓這個抽屜打開。這是媽媽做的封印，媽媽才可以解開。這是我一開始在封印抽屜的時候，就已經設定好的。

剛才妳們說過，小匠把館主關在霧之谷的封印，和館的入口的封印都解開了是嗎？

我想那個大概是石英在一開始所設定的。她放好石頭把館主封起來的時候，設定好只有『真正的小匠』才能解開……或者是『只有真正的小匠和石英』才能解開吧。那時候，館主已經和石頭工匠交換，

情況變得比較複雜，所以若不特地設定是『真正的小匠』的話就不妙了。」

「原來如此……」爸爸喃喃說著。

「就像是電腦密碼一樣的東西嗎？」

「對。」媽媽點頭。

「跟密碼很像呢。要是沒有密碼，就打不開檔案。如果沒有「真正的小匠」，封印就無法解除。不過，在那裡卻出現了另一個「真正的小匠」。

信田匠也很符合「真正的小匠」這個條件呢。因為，小匠就是小匠，並不是冒牌貨……」

「可是……不覺得很像某種冷笑話嗎？這個「小匠」和那個「小匠」，只是同音字雙關語而已吧？」小結往旁邊看了弟弟一眼。

「不是同音字雙關語唷。所謂的名字，不是那麼隨便的東西。所謂的名字，是世界上最早的，也是最短的「咒語」喔。

舉例來說，名叫信田結的女孩，就在這裡對吧？這個女孩綁著頭髮，不擅長跑步，但是非常善良……把妳所有的一切都完整的歸納並集合起來的，就是「名字」。

用木頭做成，有很多抽屜，大大的直立式長方形箱子，集合這些特徵的就是「五斗櫃」這個名字。

不管是人或是物，都受到「名字」這個咒語的影響，被這個咒語所束縛。

石英很清楚這一點喔。所以，當她注意到「王」這個名字和「工」這個名字只差一劃時，才會慫恿館主，並對他施以法術。因此館主才能用自己的手，無意間讓自己中了法術。」

這次換小匠從旁對媽媽發問：「在隧道的出口，和館入口的石頭上所雕刻的花紋，是什麼啊？是直的和橫的線組成的奇怪花紋。喏，剛才我有畫給大家看過吧？那是什麼咒語啊？」

「看起來很像是『算木紋[1]』。『算木紋』，是從很久以前就用在裝飾家具上的刻紋。不過你仔細看好。那個花紋，是不是很像由「工」這個字交互組成的呢？稍微換個角度看的話，也像是把「王」字中間那一橫移開，放到旁邊去。

所以，那個花紋，我想應該是表示「王」和「工」已經交換了。石英是用那個花紋來製作封印。封印有很多種做法……雖然像媽媽這樣只寫個「封」字也可以，不過要是明白的說：『我用這個石頭，把你封起來』，被人知道不就糟糕了嗎？」

小萌很無聊的噘起嘴：「聽不懂……」

「小萌，妳要先學會注音才行喔。」小結說完後，小萌把腮幫子鼓得更大了。

「我把話題拉回來一下。」開口說話的是爸爸。「那樣的話，這個抽屜的封印，為什麼會解開呢？我所擔心的是，以後像是媽媽的哥哥啦，或是岳父啦……或者是大蛇之類的，會不會都突然從這裡跑到家裡來呢？妳的封印，是不是被妳哥哥給破解了啊？」

「我想，夜叉丸哥哥，應該是沒辦法那樣做吧……」

「可是，媽媽！」小結不禁提高聲音。「夜叉丸舅舅就是從這裡飛出來的喔！大家一起回來的時候也是，從那座山的橡樹下面，經由這個抽屜回到家裡來的。舅舅果然是不知道用什麼方法，把封印破壞了！」

「嗯……」媽媽側著頭。「我還是覺得不可能。」

不久，媽媽很篤定地說：「如果說是像齋媽媽那樣，一個能力比

1 「算木」是易經中表示卦象的方形木棒。「算木紋」是將算木以三根直的、三根橫的相互交疊成棋盤式花紋。

媽媽還要強的人的話，還有可能解開我的封印，如果是哥哥根本不可能了。」

「那，為什麼舅舅會從這個抽屜裡跑出來呢？抽屜被封印又被關起來，不可能出得來吧？」小結不明白到底怎麼回事。

「大概有其他更強大的力量在運作吧。喏，封印的字並沒有消失吧？所以封印沒有並被解開。

夜叉丸哥哥也好，或者別人也好，如果有人把媽媽的封印解開，這個「封」字應該就會消失才對，就像石英的封印被小匠解開的時候，石頭上面的花紋好像也消失了。但是「封」字還留在這裡。所以封印並沒有被解開喔。」

「那，到底是怎麼回事？」爸爸問媽媽。「打開這個抽屜的強大力量是……？」

「我沒辦法說得很明確，不過也許是樹木之間的呼喚……」

「樹木之間的呼喚？」小結很驚訝的重複媽媽說的話。

「是的。這個五斗櫃，是用古老的橡樹神木做成的。也許是小結妳們誤闖的山上，那樹林裡的橡樹在呼喚這個神木。然後，它與這個五斗櫃之間的路就通了，我想應該是這樣吧。」

「為什麼偏偏要對我們家的五斗櫃發送求救啊？去向家具中心還是哪裡求救不就好了……那裡有很多五斗櫃啊……」爸爸不滿的說。

「它就算向家具中心的五斗櫃求救，也無濟於事。金色橡樹果的樹，想要借重的力量是……」媽媽意味深長的說到一半，凝視著小結她們的臉。「是小結、小匠和小萌啊……」

「咦咦?!」小結和小匠同時叫了起來，不明究理的小萌只是呆看著媽媽。

「為什麼是我們？」

媽媽看著急切地發問的小結。「我想，那個橡樹果的樹，從一開始就是在呼喚妳們。把妳們拉進抽屜裡面的，就是那棵樹喔。

石頭工匠爺爺最後說的話……還有館主在道別時所說的話，妳們不知道是什麼意思吧？

他們不是都叫妳們「三申之子」嗎？所謂的「三申」就是「三隻猴子」。

那座山的名字也是叫做「三申山」吧？那指的是一個名叫青面金剛神所派遣的三隻猴子使者喔。那座山的守護神，大概就是那三隻猴子。

勿視、勿聽、勿言——用手遮住眼睛、耳朵和嘴巴的三隻猴子的雕像，記得嗎？」

「可是，那跟我們又沒有關係。我們又不是猴子。」小匠說。

「你想，那三隻猴子，為什麼要遮住眼睛、耳朵和嘴巴呢？」媽媽一直看著她發著愣的三個孩子。

「那些猴子們啊，是特別的猴子。牠們擁有看到太多的眼睛、聽見太多的耳朵、講太多的嘴巴。所以，為了隱藏住自己的能力，才會把眼睛、耳朵和嘴巴遮起來。然後啊，在緊急的時刻，用那個力量來保護山林喔。」

小結和小匠因為媽媽的話而面面相覷。

看到太多──「時光眼」，還有聽見太多──「順風耳」，以及講太多──「魂寄口」，擁有這些力量的三個孩子……三申之子。

「這一定不是巧合！」媽媽靜靜的繼續說。

「為了消滅降臨到那座山上的災禍，需要妳們的能力……事情不就是這樣嗎？

小萌可以傳達金色橡樹果的樹想說的話。小匠可以解開石英的封印法術。小結可以幫助館主打倒大蛇。

我認為，是為了完成這些事，所以妳們才會受到那座山的呼喚。

如果，是夜叉丸哥哥舅舅破壞了媽媽的封印，打通了橡樹和這個五斗櫃抽屜之間的通道，妳們三個人被吸入抽屜時，應該會出現在同一個地方才對。

小萌是把橡樹果塞進去之後，抽屜才又打開了對吧？如果抽屜的封印被解開了，就算不那麼做，也可以打開入口。

我想，那個橡樹果，應該是那棵橡樹送給妳們的邀請函呢！為了把妳們三人召喚到那座山去，橡樹於是把金色的橡樹果送到這個世界來。所以，如果沒有那個邀請函，應該是沒有辦法飛到那邊的世界去的。」

「可是……」小結歪著頭。「金色的橡樹果，只有二個呢。如果是發給我們三個人的邀請函，應該要有三個不是嗎？」

媽媽笑了起來。「應該還有一個金色的橡樹果掉出來，只是妳們沒有看到吧？

夜叉丸從這個抽屜裡飛出來，結果又再一次回到那個世界去了對吧？

我想，一定是夜叉丸又回到這個屋子裡來看看情況，他被大蛇追趕之下，驚慌從妳們的房間逃走，但還是很在意萬一抽屜又被打開了怎麼辦。

說不定他在橡樹下發現有出口並逃進去時，也不知道是連到這個房間的抽屜裡。他一開始，有可能是從狐狸山跑到那座山，所以認為回去也是回到狐狸山才對。

……從抽屜裡飛出來的哥哥，在十分慌張的情況下，原本打算逃回狐狸山去，但他還是很擔心，所以回到這房間來。

回來之後，發現妳們不見了很慌張。心想，妳們跑到哪裡去了？首先讓他懷疑的，就是跑到抽屜裡面去了吧？畢竟，哥哥自己也是從那個抽屜裡面跑出來的……剛好發現了妳們遺漏掉的那顆橡樹果。

然後，在這個怎麼敲都打不開的抽屜前面，夜叉丸哥哥最後也試著把橡樹果往把手的小洞裡塞進去吧。」

「所以，抽屜就打開了！」小結接著媽媽後面說下去。

「是呀。」媽媽點頭。

「因為，夜叉丸哥哥手上有那個邀請函囉。這次抽屜打開了，哥哥於是再一次的，回到了那邊的世界。」

「可是……那，優花呢？優花可沒有那個邀請函啊。為什麼她會第一個被拉進去呢？」

「嗯——」媽媽思考著。

「那個嘛，有二個可能性。只是單純的意外，或者是為了呼喚小結妳們到山裡去，橡樹才會打算在一開始就先把優花給拉進去。」

好像原本有一團朦朧的霧鬱積在心中，現在突然散開似了。小結皺著眉頭，想把媽媽所說的話都一一的在腦中串連起來，好完成一幅複雜的拼圖。

「然後呢？」爸爸往下看著抽屜，開口問。「所以呢？還會有人從這個抽屜裡面跑出來嗎？」

「不用擔心啦。」媽媽對爸爸笑著。不管再怎麼擔心，一看到她那笑容，就都飛到九霄雲外去了。

「封印沒有異常！媽媽保證。就連一隻螞蟻，也不會從這個抽屜裡面出來！」

「ＯＫ！」爸爸大大的深呼吸一口氣，點點頭，接著看了所有人的臉。

「那，就這麼辦吧。為慶祝冒險成功，我們出去吃大餐。大家快點準備出門吧。」

「太棒了！」小匠跳了起來。

「那！就去吃迴轉壽司吧！爸爸！可以吃迴轉壽司吧！」

「小萌想吃漢堡排，還有義大利麵，還有巧克力聖代！」

媽媽把手放在小萌和小匠的肩膀上。

「好，好。爸爸和媽媽要先去換衣服了，要麻煩你們趁這空檔，分工合作一下囉。小匠，去掃浴室。小結和小萌，去把廚房的碗盤收拾一下。」

「收到！」信田家的孩子們精神充沛的回答，然後爭先恐後地跑到走廊上。

「對了，媽媽！」小結突然想起一件事，回頭對媽媽說。

「還有最後一件事……把眼睛給那條大蛇的，果然還是石英嗎？石頭工匠爺爺雖然說不可能，可是那果然還是石英搞的鬼吧？」

媽媽不知為何難過的嘆了一口氣，看著小結的眼睛。

「我本來還想，要是沒有人問這個問題就好了。」

媽媽朝孩子們離開的走廊瞄了一眼，壓低聲音說：「如果石英自己辨不到的話，她會怎麼做呢？她一定會慫恿某個人，叫他把大蛇的眼睛裝上去。想到了嗎？要說到很容易得意忘形，很容易被慫恿的人的話……」

這時候，小結忽然找到了答案。「啊……難不成，是夜叉丸舅舅？」

媽媽嘆了一口氣。「可能是在舅舅和石英喝酒喧鬧過後，一定就是當時被慫恿的。問說：『你爬得上山頂嗎？』之類的，爬得上去的話，就把這個石頭，放到那個山頂上的一個巨蛇的眼窩裡，以茲證明……要是被這樣一說，哥哥一定會幹勁十足……」

「所以，夜叉丸舅舅，才會說那句話『以為只有爬上山頂而已，還一下要下山谷，一下又要爬上山谷……』我就覺得奇怪。舅舅什麼時候爬到山頂上面去過了……」

「嗯——」媽媽沉吟著。

「哎哎，真是的，每次、每次、每次都這樣！哥哥為什麼每次都像這樣，搞出一堆麻煩事呢！自己把大蛇的眼珠裝上去，讓那條石刻的蛇動了起來，之後才驚慌失措地夾著尾巴逃走！下次再看到他，我一定要咬他！」媽媽生氣地說。

小結總算解開心中的所有疑問。鬱積在她心中的霧，也豁然開朗。

「爸爸！我先下去，把車開到大廳門口前面囉！」媽媽在玄關叫著。

「人家也要去！」

「我也要！」

小匠和小萌跟在媽媽後面，飛奔到玄關。

「把外套穿好，外面已經有點涼了。」媽媽說。

「小結！爸爸！麻煩你們鎖門唷！」

「OK！」小結回應說。

總算穿上毛衣的爸爸，一邊穿著襪子，一邊對小結說：「陽台鎖上了嗎？」

「放心，剛才就已經鎖好了。爸爸，快點、快點！」小結拿了放在客廳櫃子上的玄關鑰匙，忽然想起一件事。

「對了，爸爸。你的致詞還順利嗎？」

爸爸停下正在弄襪子的手，表情變得很複雜。

「最後還是說了嗎？叫人家小豆大福？」小結小心的問。

「……」爸爸沉默不語，小結心想，**早知道就不問了……**

「不要在意嘛，爸爸。是他名字取得不好啦，取什麼小豆大介嘛。根本就是要人家叫他小豆大福啊。」

「不是那樣……」爸爸一邊從梳妝台前面的椅子上站起來，一邊嘆了一口氣。

「新郎的名字，是小豆大介對吧？另外，新娘的名字，是財前絹代。」

「連我自己都不知道，怎麼會說出那種話來……」

爸爸一臉無奈的搖了搖頭。

「在脫口說出『小豆大福』之後，爸爸的頭腦中已經一片空白了。我慌張的想更正新郎的名字，但不知道為什麼，本來想說『財前絹代小姐』卻一時失言說成『前菜小卷小姐』了。」

小結忍不住在爸爸面前笑了出來。實在是太好笑、太好笑了，讓她笑得停不下來。

「爸爸，這樣也不錯啊。因為，小豆大福和前菜小卷小結婚的話，不就是一個很好吃的家庭了嗎？」

「其實司儀也說了跟妳一樣的話喔。算了，別再想了。跟妳們今天的辛苦比起來，爸爸的辛苦根本不算什麼。小結，快點下去吧，媽媽在等著哪。」

在玄關穿鞋時，小結回頭看了房間一眼。沒有燈光的兒童房一片安靜，放在門口角落的日式五斗櫃也靜靜在黑暗的陰影之中。

「改天還能不能再到那座山上去呢……」小結喃喃自語地說，爸爸有點吃驚的看著小結。

「咦？妳還想再到那個抽屜裡面去嗎？」

「嗯。」小結點頭。

「因為，我很想知道，泰德、館主大人和工匠爺爺現在怎麼樣了。媽媽不是總這樣說嗎？沒有無法渡過的災難……我今天，有點明白媽媽說的意思了。

像是大蛇來到谷底，還有館主大人變成石頭，我都想說這下完蛋了，不過現實跟故事和漫畫不一樣，是不會在那裡畫下句點的。

所以，就算那個當下我放棄了，只要時間還在流逝，世界還是會繼續運轉。

如果希望有個喜劇結局，那在喜劇結局到來之前，不管是遇到再多麼難過的困境，都必須努力才行。就算結局皆大歡喜，也不代表那就是一切的結束，因為未來還是會繼續下去的。

總有一天，我還想再去看看抽屜中的世界的未來是什麼樣子。泰德怎麼樣了呢？館主大人，是不是不再抱怨館主好難當了呢？工匠爺爺真的一直都住在霧之谷裡嗎……」

一直看著小結的爸爸眨了幾下眼睛。「總覺得，今天一天，妳好像長大了不少。」

然後，爸爸笑了。

「小結。如果妳真的想再到那座山，就一定去得成，爸爸是這麼想的喔。總有一天，橡樹一定會再送邀請函過來的。

如果下次收到邀請函……金色橡樹果……在妳把那東西放進抽屜

的小洞之前，讓爸爸看一下。一定要讓爸爸瞧瞧，橡樹的果實是怎樣發出金色光芒的。」身為植物學者的爸爸，露出滿心期待的表情說。

「我會的。」小結點頭。「下次，我也會把金色的橡樹果給爸爸看喔。」

爸爸打開了玄關的門。「來，走吧。」

把門鎖好後，涼颼颼的秋風吹進小結的心中。

大樓的走廊上，微暗的電燈亮了起來，看起像是沒有盡頭的未來無限延伸。

小結走在爸爸前面，朝向在眼前展開的未來邁進，朝向新的故事邁進。

後記

在寫完本系列的第一部故事時，我心中早已有下一個故事的構想了。只要一想像那些麻煩又胡來的狐狸親戚，降臨在信田家的麻煩，靈感就不斷湧出。

故事的誕生是很不可思議的，有時是一個小小的詞彙碎片，或是一個宛如在水底發光的小石頭似的意象忽然浮現出來，讓我在不知不覺間，專心的沉浸於解開謎題之中。

寫第二部故事時，首先一開始浮現出來的意象，是一顆閃耀著金色光芒的橡樹果。這個金色的橡樹果，到底是從哪裡掉出來的呢……

這個橡樹果，想要對信田家的孩子們傳達什麼事呢……

我開始追尋這些問題的答案。

不見得一下子就能找到正確答案。如果有讀者看了第一部的後記的話，也許就會有人發現，寫在那後記中的第二部預告，和實際的故事有些不同。其實那時候，我也還沒有完全解開金色橡樹果的謎題。

不過，在我重新凝視了金色的橡樹果好幾次，在耳邊聽到從某個遙遠的世界傳來的樹木聲音時，我終於知道，這是在五斗櫃另一邊的世界裡發生了某件事。

這次的故事裡，信田家的三個孩子，穿越了時空，踏入異世界，這是必然的事。就算孩子們不想去，三人體內流著異族的血液。他們體內繼承的狐狸一族的能力，與異世界相呼應，將孩子們捲到另一邊的世界去。

所以，和平的日子才總是沒有降臨到信田一家來。

最後，很感謝大庭賢哉先生，這次也畫了很棒的插畫，使得誰也沒見過的抽屜世界，栩栩如生的躍然紙上。

現在在我的心中，出現了一個古老的梳妝台。我問自己解得開這個梳妝台的謎題嗎？這又是信田家的下一個故事了……

富安陽子

人狐一家親

富安陽子 著
大庭賢哉 繪

雲龍與魔法果實

人類爸爸與狐狸媽媽還有人狐混血的三個孩子奇幻冒險故事，在每日都守護著家庭祕密的信田一家裡，小小的龍突然闖了進來……

樹之語與石封印

因擁有人狐混血的信田家三個小孩，和人類朋友意外跳躍進了另一個時空，那裡的人都被石化封印了！

鏡中的祕密池

奶奶送來的雙面鏡頻頻出現異常景象，緊接而來出現的危機與怪異現象是否都和這個神祕的雙面鏡有關呢？

神祕森林驚魂夜

封閉的森林、詭異的魔怪傳說，這回時光倒回到爸爸和媽媽相遇的那一夜，因為夜叉丸闖下的禍，他們被囚禁在靜止的時空裡……

時光彼岸的人魚島

位在南島的飯店，向信田一家發出了邀請函，為什麼信田一家會受邀呢？關於這座島嶼的人魚傳說，真相究竟為何呢？

國家圖書館出版品預行編目資料

人狐一家親2 樹之語與石封印／富安陽子著；
大庭賢哉繪；梅應琪譯. －－ 二版. －－ 臺中
市：晨星出版有限公司，2023.07
面；　公分. －－（蘋果文庫；147）

譯自：シノダ！樹のことばと石の封印

ISBN 978-626-320-505-5（平裝）

861.596　　　　112008946

填回函，送Ecoupon

蘋果文庫 147

人狐一家親 2 樹之語與石封印

シノダ！樹のことばと石の封印

作者	富安陽子
繪者	大庭賢哉
譯者	梅應琪
編輯	呂曉婕
企畫編輯	郭玟君
封面設計	鐘文君
書名字體	黃裴文
美術編輯	黃偵瑜
文字校潤	許芝翊、趙國富、曾怡菁、蔡雅莉、呂曉婕
創辦人	陳銘民
發行所	晨星出版有限公司 台中市 407 工業區 30 路 1 號 TEL:(04)23595820　FAX:(04)23550581 E-mail:service@morningstar.com.tw https://star.morningstar.com.tw 行政院新聞局局版台業字第 2500 號
法律顧問	陳思成律師
初版日期	西元 2012 年 11 月 15 日
二版日期	西元 2023 年 7 月 15 日
讀者服務專線	TEL:（02）23672044 /（04）23595819#212
讀者傳真專線	FAX:（02）23635741 /（04）23595493
讀者專用信箱	service@morningstar.com.tw
網路書店	https://www.morningstar.com.tw
郵政劃撥	15060393（知己圖書股份有限公司）
印刷	上好印刷股份有限公司

定價 350 元
ISBN 978-626-320-505-5